TERRES BELLIQUEUSES

TERRES BELLIQUEUSES

Catherine Messy

ISBN : 978-2-37011-683-3
Éditions Hélène Jacob – 13 Impasse Victor Gesta – 31200 Toulouse
Imprimé par Amazon KDP
13,90 €
Dépôt Légal Mars 2020

Image de couverture : peinture de Catherine Messy, collection « Scarface »

À mes parents et grands-parents.

Nous sommes toujours censés regarder vers l'avenir. Mais en vieillissant, il est beaucoup plus facile de regarder en arrière et de regretter amèrement les erreurs du passé.

Mary Higgins Clark

Un combattant de la liberté apprend de façon brutale que c'est l'oppresseur qui définit la nature de sa lutte, et il ne reste souvent à l'opprimé d'autre recours que d'utiliser les méthodes qui reflètent celles de l'oppresseur.

Nelson Mandela

J'écris dans ce pays où l'on parque les hommes
Dans l'ordure et la soif le silence et la faim
Où la mère se voit arracher son fils comme
Si Hérode régnait quand Laval est dauphin

Louis Aragon

Prologue

Mathilde a eu, il y a peu, l'occasion de se rendre à nouveau dans le cimetière où reposent les femmes de sa famille, y compris celle qui l'a mise au monde. Toutes retournées à leur terre d'origine.

Elle n'aime pas les cimetières. Elle sait que certains éprouvent le besoin de se recueillir au-dessus du marbre des sépultures pour pouvoir éventuellement parler aux êtres chers au repos sous un monticule de terre, mais pas Mathilde. Imaginer les corps, si vivants et chaleureux, à l'état de squelettes lui est inconcevable. Elle préfère les avoir présents dans ses pensées quotidiennes tels qu'elle avait eu la chance de les connaître, de les aimer et en être aimée.

Mais cette fois-là, elle a décidé de revisiter sa ville natale. Il lui aurait été impossible de ne pas faire une halte sur ces lieux tant chéris par sa mère, et quittés sans regret par sa grand-mère après la guerre de 14-18. La voici à présent de retour chez elle, à des centaines de kilomètres de la contrée maternelle.

Comme elle s'y attendait, revoir l'endroit et les noms inscrits sur les pierres tombales l'a beaucoup remuée. Elle est allée rechercher alors les photos laissées en héritage, souvenirs d'un temps souvent inconnu d'elle, si ce n'est à travers les histoires racontées lors de réunions familiales. Elle les a ressorties de leur boîte pour les étaler devant elle.

Un cliché plus moderne attire son attention : sa grand-mère Léonie devant un miroir. Eugénie, sa mère, lui avait expliqué que Léonie avait pris pour habitude de converser avec son reflet. Alors, elle avait décidé un jour de fixer l'instant sur une pellicule.

Eugénie n'est plus là pour répondre aux questions de Mathilde. Peu importe. Il faut si peu de choses pour que le cerveau de cette dernière s'emballe ! Une image vient de féconder son imagination.

Prologue

– 1 –

Il est 10 heures, un matin de printemps. Le soleil du dehors rend la pièce lumineuse. Léonie est seule dans son salon, occupée à se contempler dans la glace. Elle y aperçoit un visage. Le temps lui semble moins long depuis que son amie du miroir lui tient régulièrement compagnie chaque après-midi.

Veuve depuis plusieurs années, elle partage l'habitation de sa fille Eugénie et de son gendre. Ils vivent au rez-de-chaussée d'une grande maison. Léonie loge dans l'appartement au-dessus.

— C'est une femme vraiment charmante ! explique-t-elle un jour à sa fille venue lui changer ses draps de lit. Nous avons les mêmes idées sur bien des points ! Et figurez-vous qu'elle a vécu au même endroit que moi pendant la dernière guerre !

— Alors, vous devez avoir de quoi vous raconter ! lui dit Eugénie en souriant.

Elle s'est habituée à ce que sa mère la prenne pour sa femme de ménage. Elle est entrée dans le jeu du vouvoiement. Léonie semble être obsédée par cette période qu'Eugénie elle-même a connue enfant.

— Heureusement qu'à l'époque, il y avait les cousins et leurs terres ! Ah ! Si seulement je ne m'étais jamais séparée des miennes !

Ce sont à chaque fois les mêmes regrets, la même litanie.

La dame du miroir fait disparaître Léonie âgée : elle n'est plus cette femme ridée, dont la chevelure blanche se raréfie. Enveloppée dans un châle mauve, elle n'a plus conscience d'avoir un corps perclus d'ostéoporose, cette maladie qui l'affuble d'un dos semblable à une bosse de bison.

Elle a devant elle une compagne avec qui converser. Elle peut lui raconter l'histoire de la jeune femme qu'elle avait été autrefois, en colère contre les événements qui l'avaient mûrie prématurément, l'avaient dépouillée du bonheur familial, cette rebelle qui s'était détournée de son lieu de naissance pour aller s'installer en ville.

— Elle est très courtoise ! Elle ne m'interrompt jamais ! dit-elle encore à sa fille, tandis que celle-ci est occupée à épousseter les meubles de la pièce.

L'esprit de Léonie est, la plupart du temps, en vagabondage dans les méandres de l'oubli. Puis, de temps à autre, des éclairs de lucidité font leur apparition. Eugénie n'est plus gênée par toutes les pensées erratiques de sa mère.

Léonie fait ainsi défiler les épisodes de sa vie.

Elle explique à son invitée imaginaire comment, attirée par l'émancipation des citadines à la suite du premier conflit mondial de 1914-1918, elle a déserté une terre transmise de génération en génération, qu'elle avait héritée de sa mère Louise, décédée en 1918 de la grippe espagnole, peu de temps avant l'Armistice.

Elle l'a vendue à son oncle, devenu son tuteur après la guerre, chargé de s'occuper d'une fillette dont le père était incapable de gérer le quotidien.

« Les retrouvailles entre Léopold et sa fille sont un échec. Il n'y parviendra pas. Léopold en a parfaitement conscience : il ne réussira jamais à lui rendre le père qu'elle a connu auparavant, capable de s'occuper d'elle correctement. Elle attendait un père aimant, rassurant. Elle retrouve un individu empli de peur, de dégoût, de désespoir. Elle ne le reconnaît plus. Il n'est plus celui qu'elle a quitté au début de la guerre. Il ne parvient plus à la faire rire.

Il est revenu dans une maison vide. Même sa ferme n'a plus de raison d'être, avec son écurie vidée de ses occupants, ses deux chevaux sacrifiés sur l'autel d'une guerre mensongère et inutile. »[1]

Léonie, éduquée en pension, ses diplômes en poche, s'est alors empressée d'abandonner une terre agricole meurtrie par des années de guerre, synonyme de mort et tristesse, pour s'élancer vers un ailleurs, symbole de métamorphose. Il n'était pas question qu'elle épouse un agriculteur, et passe la suite de sa vie à s'occuper d'une ferme !

---

[1] *Terres pouilleuses*, du même auteur, 2020.

Elle se revoit en jeune épousée, au bras d'un garçon rencontré lorsqu'elle préparait des concours administratifs et que lui-même se destinait à une carrière dans la gendarmerie.

« Ils invitent les cousins de la campagne pour leurs noces célébrées à la ville. Des cousins qui viennent en nombre. Léonie est heureuse et se laisse porter par le vent de liberté qui semble souffler depuis quelques années sur le monde féminin.

Elle ne changerait de vie pour rien au monde. Installée dans la ville principale de la région, elle savoure cette indépendance nouvellement acquise. »[2]

Elle ne sait pas encore que la fille aînée qu'elle aura de cette union, et qu'elle prénommera Eugénie, en souvenir de sa propre mère, dont c'était le deuxième prénom, va lui donner des petits-enfants dont la plus âgée, Mathilde, partagera régulièrement les jeux de ces cousins et cousines du *pays* quitté des années auparavant.

Non ! Elle ne devine pas, tandis qu'elle soliloque devant le miroir, qu'une fois âgée, elle se replongera dans son enfance vécue sur des terres communément qualifiées de pouilleuses et abandonnées avec allégresse. Un enthousiasme mêlé de rage semblait guider ses actes. La fièvre du départ s'était emparée d'elle, la faisant se sentir poussée par un désir de liberté que son lieu natal ne pouvait lui octroyer. Eugénie lui tiendra toujours rigueur d'avoir quitté ce qui symbolisait pour elle, sa fille, le bonheur.

Léonie se fait parfois silencieuse, puis reprend sa conversation, allant jusqu'à rire à l'évocation de certains souvenirs.

— Oui ! C'était le bon temps, même si ça n'était pas toujours facile ! Mais, après, il y a eu une époque moins drôle ! Et je dois admettre que vous avez raison ! J'ai été bien contente d'avoir mes cousins pour nous fournir de quoi améliorer l'ordinaire ! Ils ont été d'une grande générosité ! Et, avec le temps, je crois que j'ai eu tort : je n'aurais jamais dû me séparer de mes terres, les rejeter de cette façon. Pourtant, elles ne se sont pas montrées ingrates ! Loin de là !

---

[2] *Terres pouilleuses.*

Léonie reste pensive quelques instants, puis elle ajoute :

— On fait parfois des bêtises quand on est jeune ! Si c'était à refaire…

Elle se met à chantonner :

Il pleut sur la route…
Le cœur en déroute,
Dans la nuit j'écoute
Le bruit de tes pas…[3]

Comment aurait-elle pu imaginer que, vingt ans après la fin de la Première Guerre, l'arrivée d'un deuxième conflit mondial allait l'obliger à redécouvrir les bienfaits de cette terre ?

— Oui ! Il faut admettre qu'à l'époque, avoir des parents à la campagne était une chance. Et ce que j'avais cherché à effacer de ma mémoire a témoigné d'une gratitude que je ne soupçonnais pas ! Mais, il faut me comprendre ! Je n'ai pas pu faire autrement que de solliciter la famille ! Le bien-être de la mienne en dépendait. Comme j'ai un bon moment devant moi, je vais vous raconter. Je dois pour cela remonter loin en arrière !

---

[3] Tino Rossi, 1935.

– 2 –

Les cousins sont partis. Ils sont retournés sur leurs terres. Léonie en avait aussi, il y a peu. Aucun argument de son oncle n'a réussi à la dissuader de s'en débarrasser. Les mots de Théophile sont encore présents dans sa tête :

— Tu le regretteras un jour, Léonie !

Rien ne l'aurait fait renoncer à partir à la ville. Installée là où, pensait-elle, se déroulait la vraie vie, elle a fini par rencontrer, puis épouser un gendarme nouvellement promu.

Le jour des noces a été immortalisé par des photos dont l'une est sur sa table de chevet. Elle y apparaît dans sa tenue blanche. Le cliché de l'époque est couleur sépia. Mais Mathilde aime en imaginer les tonalités d'origine.

La robe de Léonie, plutôt droite, arrive à mi-mollet. La taille descendue sur les hanches est ornée d'une fleur. Le voile est très bas sur le front, à la limite des sourcils, et recouvre une chevelure que l'on devine courte et crantée. De tulle blanc, il se termine par une traîne de taille modeste étalée auprès de ses souliers à talons. Léonie porte un immense bouquet dans les bras. Son visage affiche une mine sérieuse.

À ses côtés, tout aussi posé, son époux Julien. Il n'a pas de moustache, signe distinctif dont le port était obligatoire au XIXe siècle, car il faisait la masculinité du gendarme et lui conférait plus d'autorité. Sa vareuse en drap bleu avec collet droit possède quatre poches et des brides d'épaules en galon d'argent. Elle est agrémentée d'une série de boutons nickelés et laisse entrevoir un faux col blanc. On aperçoit également un ceinturon baudrier en cuir. Une bande foncée descend le long des côtés du pantalon de drap bleu gendarme, lui-même retombant sur des chaussures basses noires. Julien tient son képi à la main droite.

Léonie se sent fière d'être l'épouse d'un gendarme. Ils sont installés dans une caserne, où ils occupent un logement de fonction de taille modeste. Elle est guichetière dans un bureau de poste, tandis que lui supervise le maintien de l'ordre territorial.

Tout lui semble beau, même si elle déplore le fait d'avoir dû se faire prêter un peu de vaisselle, ne disposant elle-même que de peu d'ustensiles ménagers. Qu'importe ! Elle est follement amoureuse ! Le reste est dérisoire.

– 3 –

Léonie tempête, aujourd'hui. Le maréchal des logis est venu inspecter leur habitation, en faisant les cent pas et en martelant le sol à chaque fois qu'il faisait demi-tour. Il pleut depuis le début de la matinée et il a crotté le carrelage qu'elle avait juste fini de lessiver ! Ses grosses bottes ont laissé des empreintes boueuses partout où il passait. Elle a dû nettoyer à nouveau après sa visite.

L'humeur de Léonie se devinait aux regards qu'elle lançait à Julien dans le dos de son supérieur. Elle aurait voulu pouvoir jeter celui-ci dehors et lui crier d'aller souiller son propre logis ! Mais elle savait qu'elle ne pouvait rien dire, pour ne pas nuire à son mari.

Elle est partie en maugréant jusqu'à un bureau de poste de la ville, où elle se rend à vélo et assure son service à un guichet.

Un jour, après le départ de Léonie pour le travail, Julien est allé voir sa jument à l'écurie de la caserne. Il a décidé de panser Macédoine, dont il prend un soin extrême. Il lui est très attaché et déteste certaines missions, surtout lorsqu'il s'agit de lutter contre des manifestations ouvrières, bien nombreuses en cette période de montée du chômage !

Il a dû également intervenir lors d'un rassemblement fasciste dont il a parlé à son épouse :

— Il fallait que je serpente entre des hommes de gauche aux poings tendus, et les bras levés des membres de l'extrême droite. Je peux t'assurer, Léonie, que je n'avais qu'une crainte : qu'ils coupent les jarrets de ma jument, comme cela se produit parfois ! Ou qu'ils répandent des billes sur le sol pour faire chuter les chevaux. J'ai des collègues qui soutiennent les Croix de Feu. Pour eux, ce sont d'anciens Poilus qui se sentent oubliés et veulent sauver la France des francs-maçons et des étrangers. Tu connais Michaud ? Eh bien, lui, je peux te dire qu'il soutient les fascistes, vu ce qu'il me raconte ! Il serait plus jeune, je suis sûr qu'il serait inscrit aux Jeunesses patriotes.

— Au boulot aussi, je sens monter la tension ! Les années folles sont bien loin ! lui a dit Léonie.

Macédoine va bien. Mais elle mérite du repos. Ce sera également une pause pour Julien, qui n'est pas d'astreinte ce jour-là.

Macédoine… Combien de fois, âgé et souffrant, victime d'hallucinations, Julien ne la verra-t-il apparaître sur le haut de son armoire !

⁂

C'est ainsi que les mois s'écoulent.

Léonie se retrouve enceinte au bout de deux ans. La famille a l'occasion de bénéficier de ses premiers congés payés. Ils ont délaissé leur logement de fonction en faveur d'une petite maison mitoyenne nouvellement construite. Ils en profitent pour se reposer et aménager leur demeure, ainsi que leur jardin, qu'ils agrémentent de parterres fleuris. Deux ans après la naissance d'Eugénie, c'est au tour de Laurette de venir au monde.

L'avenir semble leur sourire, mais leur histoire intime va devoir affronter la grande histoire, celle qui va les obliger tous les quatre à vivre des moments sombres : une nouvelle guerre va opposer l'Allemagne à une grande partie du monde, dont la France. On leur demande, du reste, d'essayer les masques à gaz pendant l'été 1939. Saison au cours de laquelle sont appelés les réservistes. Une semaine plus tard, c'est la mobilisation nationale.

Comme en 1914, des affiches apparaissent sur tous les murs des communes. Il faut, comme lors de la dernière guerre, abandonner son foyer, sa ferme, son travail. Mais on n'assiste pas à des scènes de liesse populaire similaires, il y a beaucoup plus de résignation. Les hommes partent faire leur devoir. Il n'y a pas de récriminations, mais pas non plus d'enthousiasme démesuré.

Lorsque éclate le conflit, Julien n'officie plus en tant que gendarme. Il a intégré la police administrative et opère dans un commissariat.

Il va rapidement être habilité à exercer les prérogatives d'officier de police judiciaire, et même être encouragé par son supérieur, qui apprécie son sérieux, sa minutie, ses qualités d'écriture et d'analyse, ainsi que sa capacité de travail, à préparer le concours de commissaire de police.

Il est loin de se douter du rôle souvent ingrat qu'il va devoir jouer pendant les cinq années à venir, une fois devenu OPJ.

– 4 –

La drôle de guerre, pendant laquelle un corps expéditionnaire composé de Français et d'Anglais est vaincu par les Allemands, est terminée.

Les lignes Maginot ou Siegfried – celle où les combattants français étaient censés aller étendre leur linge ! –, d'où les soldats s'envoyaient réciproquement d'aimables propos selon lesquels leurs femmes les cocufiaient pendant qu'ils se battaient, ou bien encore des slogans, de la musique, sans oublier les tracts lâchés au-dessus des têtes… tout cela fait maintenant partie du passé.

Les marraines de guerre ont eu beau s'activer pour tricoter des pulls et des chaussettes aux soldats mobilisés, afin de lutter contre le froid extrême qui faisait geler le pain et le vin pendant l'hiver 39-40, le peuple français a eu beau se réjouir de la victoire de la Royal Navy sur le vaisseau allemand *Admiral Graf Spee*, qui fut sabordé en 1939, faisant la joie des plus grands élèves en milieu scolaire, la France est obligée de s'incliner devant l'ennemi.

Et pourtant, les Français étaient convaincus de vaincre, parce qu'ils étaient certains d'être les plus forts ! Des bons d'armement avaient même été émis avant l'arrivée des Allemands pour participer à l'effort national. Il faut à présent affronter la réalité et l'humiliation que l'Allemagne vient d'infliger à la France.

***

Il est tôt, et il fait certes bon en ce matin de juin 1940. Eugénie est aux côtés de tante Yvonne sur le trottoir, au pied du portillon d'entrée de sa maison. Pourtant, le temps n'est pas à la contemplation. Elle serre son poupon contre elle et observe l'empressement avec lequel les habitants de la rue installent leurs affaires du mieux qu'ils peuvent. Elle tient par la main sa petite sœur Laurette.

— Eugénie ! Tu partiras en compagnie de ta tante Yvonne !

— Et toi, maman ?

— J'aurai tôt fait de vous rattraper à vélo ! Je dois rester encore un peu. Allez ! Dépêchez-vous ! L'ennemi approche !

Les menaces que les Allemands représentent tournent dans toutes les têtes. On dit qu'ils distribuent des bonbons empoisonnés et des crayons explosifs, coupent les mains des enfants mâles, violent les femmes après leur avoir sectionné les seins, fusillent les hommes.

— Il faut se hâter !

— Mais papa n'est pas là !

— Il partira dès que possible ! Ne perdez pas de temps. Il faut vous éloigner au plus vite !

Oui ! Fuir devant ces hordes barbares ! Faire le meilleur choix possible des effets personnels à emporter, éprouver du déchirement à en abandonner certains.

— Il n'est plus temps de réfléchir ! Allez ! Il faut filer !

L'inquiétude finit par gagner la fillette qui, du haut de ses 7 ans, voit l'effervescence de la rue. Elle étreint encore plus fort son poupon. Sa tante a saisi quelques vêtements jetés à la hâte dans des valises. Laurette se laisse porter sans comprendre le remue-ménage autour d'elle, les cris et pleurs qui s'élèvent au milieu de ceux qui s'activent. Ils abandonnent derrière eux leurs logements, leurs meubles, les objets auxquels ils tiennent, parfois même leurs animaux domestiques…

Des voitures chargées à ras bord commencent lentement le trajet. Celle de sa tante, une Juvaquatre noire, se met finalement en route. Un matelas a été installé et sanglé sur le toit. Les deux petites sœurs sont assises sur la banquette arrière, bien calées entre des valises.

Mais l'essence ne risque-t-elle pas, au bout d'un moment, de faire défaut ? Tant pis ! Partir ! Le plus loin possible ! Pour se mettre à l'abri de ces hordes sauvages, semblables à celles qui avaient sévi en 1914-1918. Les anciens s'en souviennent !

Dans un autre quartier de la ville, au même moment, tout le monde s'active à charger un gros camion Willème diesel gris appartenant à l'entreprise de transport de gravier et de poissons des Frères Duchêne associés. Telles des fourmis, les gens vont et viennent, apportent puis chargent meubles, matelas, victuailles sur ce véhicule, dont la benne peut contenir cinq mètres cubes de gravier. Le chauffeur du camion est un employé de l'entreprise. Le plus jeune de la fratrie Duchêne, accompagné de son fils Jeannot, fait partie du convoi, mais doit partir devant avec son ancienne Talbot, pour transporter un autre voisin dont la jambe est cassée.

Outre la famille de Jeannot, composée de deux enfants, sa sœur Marie et lui-même, et de deux adultes, leur mère et sa sœur, il y a également un camarade de classe, Gilbert, accompagné de sa mère. Le mari de celle-ci a été réquisitionné et fait prisonnier. Ils sont juchés sur le haut du véhicule. Il est convenu que le camion rejoindra Bordeaux par n'importe quel itinéraire, et la voiture aussi.

Le véhicule est enfin chargé. Les voyageurs se sont installés aussi confortablement que possible sur le dessus des objets et sacs divers emportés, ainsi que dans la cabine avant. Ils démarrent à la montée du soleil. Ils ont le cœur gros, mais sont soulagés d'échapper au danger. Tous vivent cet instant en silence, en s'efforçant de retenir leurs larmes.

Les enfants sont trop jeunes pour bien cerner le drame vécu par la population. Jeannot et Gilbert, juchés au sommet du chargement, échafaudent des plans de survie. Ils sont tous les deux des lecteurs de bandes dessinées, et cette fuite, dans leur juvénile imagination, se transforme en odyssée dont ils sont tous les deux des héros.

— C'est un peu comme dans les aventures de Bibi Fricotin ! s'exclame Gilbert.

— Tu sais que ça me donne une idée, de partir à l'aventure comme ça ! Quand on sera à Bordeaux, on tâchera de monter un commerce ambulant ! lui répond Jeannot.

— Pour vendre quoi ?

— J'sais pas encore ! Pourquoi pas des légumes ?

— C'est une chouette idée !

Ils n'ont pas conscience d'être devenus des réfugiés, qui rejoignent d'autres migrants après quelques kilomètres de petites routes, pour aboutir à une voie principale, encombrée d'une façon inimaginable, en direction du sud. Et les paroles de la chanson de Jacques Pills, présentes à l'esprit de beaucoup, parviennent difficilement à leur donner du courage.

Tu es parti pour le voyage
Adieu famille, adieu voisins
Adieu le clocher du village
Tu chanteras sur ton chemin
Et tout le long de la grand-route
Ton cœur ne perdra pas l'espoir…[4]

C'est effectivement un embouteillage monstre à la sortie de la ville, les habitants surgissant de tous les quartiers pour emprunter la nationale. Des enfants trottinent à côté d'adultes occupés à pousser des bicyclettes chargées de valises. Des véhicules motorisés précèdent ou suivent des charrettes, des brouettes remplies de tout ce qu'il a été possible d'empiler.

« Je survole des routes noires de l'interminable sirop qui n'en finit plus de couler. On évacue, dit-on, les populations. Ce n'est déjà plus vrai. Elles s'évacuent d'elles-mêmes. Il est une contagion démente dans cet exode. Car où vont-ils, ces vagabonds ? »[5]

La cohorte des exilés avance très lentement. La Juvaquatre est au pas, puis immobilisée. Eugénie éprouve alors l'envie de grimper sur le toit pour s'allonger sur le matelas.

— Laisse-moi aller là-haut, ma tante !

— Non, Eugénie ! Tes parents ne seraient pas d'accord !

— Mais la voiture est arrêtée et il fait chaud dedans !

— C'est vrai qu'on n'avance pas. Ça va te permettre de te dégourdir les jambes !

— Est-ce que Laurette peut venir ?

— Non ! J'n'ai pas envie d'y aller ! s'écrie la plus jeune.

— Bon, juste un moment ! Et quand je t'appelle, tu redescends !

---

[4] *Dans un coin de mon pays*, mai 1940.
[5] Antoine de Saint-Exupéry, *Pilote de guerre*, 1942.

S'offre alors le spectacle surprenant d'une fillette, par instants allongée, puis occupée à faire des galipettes, en riant, sur le sommet d'une voiture à l'arrêt. Les adultes ont tout loisir de contempler la scène. Beaucoup aimeraient retrouver l'insouciance de l'enfance. Imaginer, comme tous ces jeunes garçons et ces fillettes, qu'ils sont en partance pour des vacances improvisées, que dormir sous les étoiles peut avoir du charme, qu'une odyssée commence…

⁂

À une centaine de kilomètres de la ville, la Juvaquatre tombe en panne sèche. Elle bloque le passage. Les gens s'impatientent et finissent par pousser sur le bas-côté le véhicule et son matelas, sans vraiment se soucier du sort de ses occupants. Yvonne est contrainte d'emporter le strict nécessaire pour continuer à pied. Elle abandonne de la nourriture : biscuits, sucre, farine…, qu'elle sait ne pas pouvoir transporter.

Les deux enfants et leur tante reprennent, à pied, leur lente procession. Les fillettes obligent au bout d'un moment Yvonne à faire une pause sous un arbre situé en bordure. Elles veulent se reposer un peu. Elles souffrent comme tout le monde de la température élevée.

Eugénie a la tête penchée contre l'épaule gauche de sa tante, dont les bras entourent Laurette, qui somnole. Les cheveux sombres de l'aînée des deux enfants sont mouillés de sueur. Le poupon est assis entre ses cuisses, dans le creux de sa robe. Il est son réconfort quotidien. Elle lui confie ses peines avant de s'endormir, en se disant qu'il les prendra pour lui, comme le lui a expliqué sa maman. Et c'est ce qui se passe, la plupart du temps. Ce soir, il faudra qu'elle lui parle de sa peur de ne plus revoir ses parents.

Elle commence à s'assoupir sous l'effet conjugué des émotions, de la marche et de la chaleur, au moment où le camion Willème de Jeannot arrive à leur hauteur.

Le chauffeur connaît Yvonne pour l'avoir croisée plusieurs fois à la poste où travaille Léonie. Contrairement à son habitude, qui est celle de ne pas trop s'occuper des autres, et sans se l'expliquer, il prend conscience du désarroi de cette femme avec deux enfants à charge.

— Vous m'avez l'air mal en point, ma p'tite dame ! Montez ! On va vous faire un peu de place ! Les garçons vont vous aider.

— Merci pour les enfants, Monsieur. Mes nièces se prénomment Eugénie et Laurette. Moi, c'est Yvonne.

— Je suis Robert !

Ce seront les rares paroles prononcées tout le long de cette lente migration.

Yvonne se lève et les petites filles sont hissées sur la plate-forme arrière, avec l'aide de tous ceux assis au sommet de ce qu'il a été jugé bon d'emporter. Yvonne grimpe à son tour.

— Eugénie ! Viens t'asseoir entre nous deux ! s'écrie Jeannot. N'aie pas peur ! On est assez grands pour te protéger ! Et on a une sacrée vue d'où on est !

Yvonne s'attendrit devant l'attitude des deux jeunes garçons de 11 ans.

— Vas-y, Eugénie ! Mais ne me quitte pas des yeux ! Je suis chargée par tes parents de veiller sur vous !

Le voyage reprend son inexorable avancée.

Aussi loin que le regard se perd, c'est une colonne ininterrompue de civils, véhicules de toutes sortes… Ils sont même rejoints, au bout de plusieurs kilomètres, par des habitants des campagnes. Les agriculteurs se voient contraints, la mort dans l'âme, d'abandonner leurs bêtes à leur sort. Certains décident de les emmener. Des vaches sont parfois accrochées à l'arrière de charrettes conduites par des chevaux, qu'il faut souvent calmer au milieu de la cohue. S'y ajoutent des cages de lapins et de poules.

Ils avancent par à-coups de quelques kilomètres à chaque fois, avec beaucoup d'arrêts, mais ils progressent quand même.

Cet exil a l'apparence d'une foire. Le chaos est indescriptible : chocs, bruits, confusion, exaspération, ordres, contre-ordres… Quelques voitures militaires tentent vainement de se frayer un passage, des officiers font, par la force des choses, un pseudo-service d'ordre.

Des soldats, à pied, à vélo, fuient, eux aussi. En voiture, quand ils en ont une en état de marche, avec une réserve d'essence suffisante.

— J'ai soif, ma tante !

Yvonne fait passer un peu d'eau à Eugénie. La petite Laurette s'est assoupie à ses côtés, après avoir longuement pleuré. On lui a expliqué qu'il n'était pas possible de rentrer tout de suite à la maison.

— Mais pourquoi ?

— Parce que ton papa et ta maman sont occupés. Ils veulent que je me charge de vous. Ça ne te fait pas plaisir d'être avec tata Yvonne ?

— Si, mais... mais...

Elle s'est alors mise à pleurer en cachant son visage dans ses mains. Et pourtant, elle aime beaucoup sa tante paternelle, âgée de deux ans de plus que leur père. De grande taille et charpentée, cette dernière adore ses nièces. Elle leur confectionne des vêtements pour leurs poupées, prend le temps de leur raconter des histoires, les emmène souvent en promenade...

Yvonne finit par la calmer et la rassurer.

Après un laps de temps interminable, ils atteignent la lisière d'une forêt où il est fréquent de se rendre pour ramasser le muguet du 1er mai. La fleur qui a la réputation de vous offrir du bonheur à profusion... Ce sont des brassées de tiges à clochettes blanches que l'on a coutume de trouver à cet endroit.

Soudain, une alerte aux avions ennemis est lancée. C'est la confusion. Apeurés, les gens quittent la route en courant, sortent précipitamment de leurs véhicules, lâchent leurs vélos, se jettent sur les bas-côtés, se ruent dans les champs, vers les ruisseaux, forêts, buissons, prés... Tout ce qui peut servir de protection. Tous à plat ventre. La tête bien rentrée entre les épaules et sous les bras. Il est donc vrai que des chasseurs ennemis sont en train de les prendre en enfilade ! Hurlement des moteurs. Éclairs de feu des rafales de mitrailleuses lâchées au passage. Chevaux en fuite, vaches au sol, hennissements, beuglements...

Stupeur momentanée. S'élèvent alors les cris des enfants, et les pleurs des nourrissons happés dans la tourmente, en route pour l'inconnu.

Gémissements et cris d'épouvante de toutes parts.

— Léa ! Léa ! Mon Dieu ! Ils l'ont tuée ! Ils ont tué ma petite fille !

— Maxime ! Maxime ! Réponds-moi ! Il faut repartir ! Lève-toi !

Les survivants essaient de réconforter ceux qui pleurent.

La famille Martin était trop à découvert : les parents et leur nouveau-né ne chercheront plus à fuir. Yvonne prend conscience du danger couru par Eugénie lorsqu'elle était juchée sur le matelas. La peur l'étreint à rebours.

Sitôt la fin de l'alerte, il faut reprendre le chemin de l'exode, hébété, mais heureux d'être encore en vie. La procession des fugitifs se reforme, certains à bord des véhicules momentanément abandonnés, d'autres à pied. Les voilà qui s'élancent à nouveau sur la route.

Ils atteignent alors une ville qui vient de subir un bombardement. Ils passent entre les ruines et abordent une côte assez raide, très encombrée elle aussi, qui permet de dominer les alentours et d'assister au nouveau pilonnage de la cité. Le sol, bien qu'éloigné des impacts, tremble sous leurs pas. Chacun s'afflige du sort des habitants peut-être encore restés chez eux, mais est soulagé de se trouver momentanément à l'abri des bombes.

De nouveau la route et ses ennuis.

Vers le soir, Jeannot et tous les passagers du camion sont accueillis par un groupe qui les oriente vers un gîte pour la nuit : c'est une sorte de vieux manoir, vidé de ses occupants. De la paille a été étalée en épaisseur suffisante pour leur servir de couche.

— Eugénie ! Viens t'allonger à côté de moi et de ta sœur. Tiens ! J'ai encore un peu de pain.

— Je n'ai pas faim, ma tante.

Elle se met à sangloter.

— Mais, qu'est-ce qui ne va pas ?

— J'ai… perdu… mon… baigneur !

Les pleurs d'Eugénie redoublent.

— Mais pourquoi ne m'en as-tu pas parlé plus tôt ?

— Je ne m'en suis pas rendu compte tout de suite ! Il fallait tellement courir quand il y a eu l'avion !

— Oh, ma chérie ! Viens !

Yvonne prend Eugénie dans ses bras pour la réconforter.

— Il a peut-être été recueilli par quelqu'un, du coup il n'est plus tout seul. Je vais faire des recherches. Mais ne pleure plus ! Ta petite sœur est inquiète quand elle te voit dans cet état.

— Mais je voudrais tellement que papa et maman soient avec nous !

Eugénie se remet à pleurer, imitée par Laurette. Jeannot et Gilbert se décident alors à jouer les clowns pour qu'elles recouvrent le sourire. Faire les pitres, ça les connaît ! Et ils réussissent à faire rire les deux petites filles.

— Vous voulez qu'on vous raconte ce qu'on a fait à la déclaration de la guerre ? Dis-leur, Gilbert !

— Non, toi ! Dis-leur !

— Eh bien, on a décidé de creuser une tranchée dans le jardin de Gilbert !

— Mais comment ? demande Eugénie.

Elle essuie ses dernières larmes, comme si cela allait lui permettre de mieux les entendre.

— Il fallait faire un énorme trou, et pour cela creuser dans du sable fin qui sert pour les joints de carrelage, transporter le sable retiré dans une brouette, pour le déposer en tas devant la maison de Gilbert. Jusqu'à concurrence d'une benne de trois mètres cubes ! Mon père savait qu'on ne parviendrait jamais à en apporter autant, mais, pour nous encourager à creuser le plus possible, il m'avait dit qu'il acceptait de reprendre tout le sable pour le porter à la gravière, en échange d'un très beau ballon de football ! Crois-moi ! La tranchée a été creusée !

— Et elle a été consolidée au fur et à mesure par des adultes ! ajoute Gilbert. Et nous avons toujours le ballon ! Du reste, le voici ! On ne l'aurait jamais laissé chez nous.

Les fillettes contemplent l'énorme objet de cuir blanc et noir, dans lequel les deux garçons adorent taper.

Ils partagent ensuite les quelques réserves de nourriture octroyée à la fin de leur première journée. Puis ils accueillent un sommeil bienvenu, en raison de la fatigue accumulée.

Le lendemain, après une toilette sommaire, tous les hôtes du manoir reprennent le chemin de l'exode. Ils rejoignent les milliers de personnes jetées sur les routes par l'envahisseur, les Boches, Teutons, Fritz, Fridolins, Schleus, Doryphores… ou autres appellations choisies par ceux qui les détestent et les fuient.

En cours de route, les occupants du camion aperçoivent un véhicule abandonné de l'armée française.

— Regardez ! On dirait une machine à écrire !

— Où ça ? demande Jeannot.

— Sur la banquette arrière. Je vais la chercher !

Marie ne met pas longtemps à aller s'en saisir. L'objet devient son nouveau jeu.

Au bout de quelques heures, les passagers du camion descendent pour se dégourdir les jambes, et les adultes se répartissent les tâches de survie, à savoir trouver la nourriture nécessaire pour tous. Les réserves commencent à s'amenuiser. Même si les provisions emportées ont été équitablement partagées, il faut songer aux jours suivants.

Yvonne vient d'apprendre qu'un train de marchandises est resté abandonné sur le quai d'une gare de triage toute proche.

— Viens avec moi, Eugénie ! Les garçons, je vous confie Laurette un moment.

— N'ayez crainte ! lui dit la mère de Gilbert. On s'occupe d'elle.

Yvonne et Eugénie, arrivées à la gare, se sont mises en quête d'un chariot de transport. Elles découvrent une cargaison éventrée de bananes et de beurre devenu rance. Les fruits sont plutôt mûrs, eux aussi, mais pas question de faire la fine bouche. Tout le monde a besoin de manger. Eugénie aide donc sa tante à charger le chariot du maximum de ces précieuses denrées, qu'elles rapportent là où le camion est stationné.

Elles ont dû emprunter un chemin qui a vu le mitraillage d'une voiture occupée par des soldats français. Leurs corps ensanglantés sont, pour certains, dépourvus de membres. Eugénie reste un moment statufiée.

— Mon Dieu ! Avance, Eugénie ! Ne regarde pas !

De retour au camion, Eugénie raconte ce qu'elle a vu.

— Il y avait des gens tués !

— T'as pas eu peur ? lui demande Jeannot.

— Non ! Mais c'était horrible ! Il y avait du sang partout !

— Bon ! Ça suffit ! Allez, les enfants ! Il faut qu'on s'occupe de préparer à manger !

Mais c'est le pain qui manque. La mère de Jeannot, Sylvie, accompagnée de sa sœur Monique, est diligentée pour en trouver.

Elles s'en vont à pied, avec les deux garçons, qui décident au bout de cinq cents mètres de s'arrêter pour apprécier le paysage. Ils ont toujours été plus sensibles à la nature qu'à l'école, et s'émerveillent de découvrir la présence d'un étang, entouré de chênes, frênes, saules, hêtres et, du côté gauche, une petite haie qui borde une ravine d'une quinzaine de mètres, au fond de laquelle coule bruyamment une eau limpide. Jeannot et Gilbert sont sous le charme.

— On aurait de quoi s'occuper, ici !

— Tu l'as dit ! Je m'y plairais.

Instants bucoliques de courte durée.

Un side-car, suivi d'un deuxième, passe à leur hauteur à grande vitesse. Dans leur champ de vision : casques, lunettes, longues houppelandes vertes, une odeur d'essence inconnue. Puis arrive une voiture blindée, avec, sur la plate-forme arrière, des soldats, verts eux aussi, fusils entre les jambes.

— Les Allemands ! s'écrie Jeannot.

— Est-ce qu'ils nous ont vus ? demande Gilbert.

— Impossible ! Si c'était le cas, ils nous auraient déjà tués ! N'oublie pas ce qu'on nous a dit à leur sujet : ils n'ont aucune pitié !

Dans le doute et la peur, les deux jeunes se jettent derrière la haie de bordure et se réfugient au bas de la ravine. Ils s'y cachent du mieux qu'ils le peuvent.

Après un bon moment, ils se mettent à entendre des voix, plutôt joyeuses, mêlées d'éclats de rire.

À leur grande surprise, tout à l'air de bien se passer. Les voilà rassurés. Ils parviennent à s'extirper de leur cache et, une fois de retour sur la route, reprennent leur marche en sens inverse pour regagner le camion et ses occupants.

Arrivent alors à leur rencontre, au pas, des véhicules avec des soldats verts, précédés de deux ou trois side-cars. Sur les côtés des gros camions, la mère de Jeannot et sa sœur, du pain sous leurs bras.

— On dirait qu'elles n'ont pas peur ! dit Jeannot tout bas.

— Même qu'elles sourient !

— On croyait que c'étaient des Boches ! s'écrie soudain Jeannot le plus fort possible pour être entendu, tout en courant en direction de sa mère.

Car camions et motos émettent un bruit qui couvre presque tout le reste.

— Tais-toi ! lui dit-elle dans le creux de l'oreille, une fois auprès de lui. Ce sont bel et bien des Allemands.

Jeannot et Gilbert prennent brusquement conscience d'être sous l'Occupation. Car, arrivés près du Willème, ils aperçoivent des hommes, les bras en l'air. Ce sont des militaires français dont les Allemands ont cassé les fusils. Ils sont tenus en respect par quelques soldats ennemis, ainsi que les civils masculins qui ne peuvent plus agir comme bon leur semble.

Mais, pour l'instant, rien d'inquiétant. Certains Allemands distribuent du chocolat, l'un d'entre eux chante, accompagné de sa guitare. Une atmosphère paisible. Bien éloignée de celle qui se prépare. La collaboration demandée par le Führer s'installe. La terreur qu'ils vont faire régner se fait encore discrète.

Les soldats désarmés doivent normalement partir à l'arrière tous ensemble, afin d'être neutralisés et versés dans des camps de fortune. Certains sont même prisonniers sur des marchés couverts.

Une femme en a aperçu dans la localité où elle s'est rendue pour essayer de trouver la mairie. On lui a rapporté que des petits papiers étaient affichés sur des panneaux extérieurs le long de l'édifice, pour renseigner les gens au sujet du passage des réfugiés. La femme espère y lire un message de sa cousine, partie plus tôt qu'elle.

Jeannot, au départ de sa maison, a pris dans une commode une grosse arme à feu de son grand-père, et l'a mise dans une poche western de son veston. C'est un revolver d'alarme, qui l'a toujours beaucoup fasciné. Il n'a pas pu se résigner à l'abandonner.

Il réussit à en parler discrètement au chauffeur de leur camion.

— Balance-le dans les taillis ! lui conseille ce dernier à voix basse.

Ce que fait Jeannot.

L'objet embarrassant tombe juste à côté de l'arme jetée par un officier français. Sans que cela se remarque.

Tandis qu'il se tient silencieux près de Robert, le conducteur, Jeannot se met à repenser au fusil qu'il a trouvé il y a un mois dans un bois. Il s'agit d'un Lebel, sans sa culasse. Il sait, pour en avoir vu dans des livres, qu'il a été utilisé pendant la guerre de 14-18. Jeannot l'a caché dans un tronc de saule creusé par les intempéries. Il l'a auparavant enveloppé dans du tissu. Il se souvient s'être dit que cela pouvait toujours servir ! Il n'en a pas encore parlé à Gilbert. Il faudra qu'il l'en informe.

Jeannot et Gilbert considèrent Eugénie comme leur petite sœur. Ils font de leur mieux pour la consoler. Elle se lamente de l'absence de ses parents. Sa tante lui a réexpliqué qu'ils ne pouvaient pas, à cause de leur métier, quitter la ville trop vite.

Après avoir partagé les vivres récupérés, les voilà tous prêts à passer une deuxième nuit loin de chez eux, à la belle étoile. Mais, rattrapés par les Allemands qui les bloquent, les réfugiés ont conscience de l'inutilité de leur entreprise.

Le retour commence donc dès le matin du troisième jour. Avec un occupant en plus : un petit chiot âgé de huit à dix mois, un épagneul breton noir et blanc abandonné et affamé que Jeannot et Gilbert se sont empressés de recueillir. Après l'avoir nourri, ils lui ont donné un nom. C'est ainsi que Tango se retrouve dans le camion avec eux.

— Ça t'ennuie s'il vient chez moi ? demande Jeannot à Gilbert.

— Non ! Il vaut mieux que tu le gardes ! Car ma mère n'est pas franchement d'accord pour que j'le ramène !

Au moment de repartir, Marie se met à tempêter.

— La machine à écrire a disparu ! Quelqu'un est venu la voler pendant la nuit. Je l'avais laissée dans le camion.

— Il ne fallait pas ! s'écrie sa mère. Les gens prennent tout ce qu'ils trouvent. Allez ! Il faut y aller ! On regagne la maison.

Tout le long des routes, les bas-côtés sont jonchés de bicyclettes, voitures, chariots, effets personnels…

— Regarde, ma tante ! Notre voiture ! Le matelas a disparu !

Mais quoi faire ? Il sera temps d'y penser plus tard. Il faudra venir récupérer le véhicule le plus vite possible.

Il y a aussi la puanteur qui émane des cadavres abandonnés sur le chemin de l'aller lors des attaques aériennes : des chevaux morts, ou des vaches tuées dans les champs, des civils, des soldats, y compris ceux issus des colonies… Les mouches, la chaleur, l'odeur nauséabonde… Les gens prennent conscience du désastre. Ils doivent souvent se ranger pour laisser passer l'ennemi.

Des colonnes de chevaux sont aperçues au loin en train de tracter des ravitaillements divers pour l'armée allemande. Les bêtes grimpent les collines en zigzaguant.

Hagards, anxieux, incertains des suites et des conséquences de cette occupation, tous refont le trajet inverse pour regagner leurs foyers.

– 5 –

Ils ont survécu. C'est le retour. Enfin !

Certains sont soulagés de retrouver un logement intact. Tous les meubles sont présents, rien n'a été brisé.

Par prévoyance, ceux qui ont connu la guerre de 1914 ont fait des réserves d'huile, café, sucre… Ils en ont emporté avec eux, qu'ils ont dû parfois abandonner en route, mais en ont laissé la plus grande partie chez eux.

Une fois de retour, ils ne peuvent que constater le pillage de leurs demeures et la disparition de leurs denrées. D'autres encore voient les maisons occupées par des gens de passage, réfugiés de localités situées plus au nord.

Il y a aussi ceux qui se trouvent contraints de vivre avec l'ennemi : leur lieu d'habitation bourgeois est à présent devenu celui d'officiers qui couchent dans leurs lits, consomment leur nourriture, vident leurs caves, et dont les voitures sont garées dans leur jardin.

Chacun s'arme de patience, accordant toute sa confiance au sauveur de la Grande Guerre : le maréchal Pétain. Mais la population est abasourdie de voir les Allemands là. C'est une douleur morale silencieuse éprouvée par ceux en âge de comprendre. Surtout après avoir été victorieux lors du dernier conflit ! Il y a à la fois de la résignation et de l'hostilité anti-Allemands.

⁂

Jeannot a regagné son quartier en compagnie de sa famille et de celle de Gilbert. Les occupants du camion se sont quittés en se promettant de se revoir. Surtout les enfants. Ils ignorent encore que les années à venir vont être de plus en plus noires.

Eugénie retrouve enfin sa mère :

— Maman ! Maman ! J'ai perdu mon baigneur ! J'ai vu des gens tués ! Et des animaux, aussi ! Il y avait un petit âne accroché à une clôture ! C'était… c'était…

Elle éclate en larmes et vient se coller contre Léonie. Celle-ci la soulève pour l'embrasser et la consoler. Elle se dirige vers une chaise, s'y assied en installant Eugénie sur l'une de ses cuisses, et invite Laurette à s'asseoir sur l'autre. Elles ont, chacune, besoin de réconfort.

Yvonne fait le récit de leur fuite.

— Nous avons eu de la chance de croiser un camionneur qui me connaissait de vue. Il se prénomme Robert. Il vient souvent faire des envois à la poste. Il travaille pour l'entreprise des frères Duchêne. Il nous a gentiment fait monter à bord de son véhicule.

— Oui ! Je vois de qui tu veux parler. Un taiseux. Il n'est pas antipathique pour autant ! En ce qui me concerne, je suis partie quelques heures après vous. Je n'ai pas arrêté de pédaler. Mais pas moyen de vous retrouver. Avant de partir, j'ai confié une fourrure et quelques vêtements précieux à mon chef, le receveur de notre bureau. Il disposait de sa voiture. Moi, je ne pouvais décemment pas les transporter sur ma bicyclette ! Et je ne voulais pas que ça tombe entre les mains des Boches !

— Papa aussi est parti à vélo ?

— Oui ! Mais après moi !

Elle n'explique pas à Eugénie que les Allemands sont maintenant dans la place, et que la police française leur doit obéissance.

Ils ont réquisitionné un certain nombre de bâtiments. La Kommandantur est installée dans les locaux de la préfecture, et la Gestapo dans ceux de l'école de musique.

Le 22 juin 1940, la population est informée que, dans les régions de la France occupée, le Reich va exercer tous les pouvoirs. Sur instruction du Gouvernement de Vichy, l'ensemble des services administratifs français doit collaborer avec les autorités militaires allemandes.

— Il va falloir s'habituer à côtoyer l'envahisseur partout ! dit Julien, un soir, à Léonie.

— Tout cela m'effraie. J'ai vu ce que la guerre avait fait dans ma famille en 1918. Cela ne peut apporter que du malheur !

Julien voudrait la rassurer. Mais l'ambiance qui commence à régner au commissariat n'augure rien de bon. Léonie a raison d'avoir peur.

Elle a, du reste, du mal à s'endormir après ce que Julien lui a dit. Elle a aussi en tête les mots d'Eugénie après la fuite de trois jours : « *il y avait un petit âne accroché à une clôture !* »

Elle repense à Frondeur, celui de ses jeunes années, offert par son père et sacrifié sur l'autel d'une guerre impitoyable. *« Maman ! Maman ! Où est Frondeur ? Où est-ce qu'ils l'emmènent ? Maman ! Réponds-moi ! Où va-t-il ? Ils n'ont pas le droit ! Pourquoi est-ce que tu n'as rien fait ? Pourquoi est-ce que tu ne les as pas empêchés de le prendre ? »*[6]

Il n'est pas possible que ses enfants éprouvent les mêmes souffrances ! Sa colère est prête à ressurgir.

---

[6] *Terres pouilleuses.*

– 6 –

Juin 1940

« Ça y est ! L'armistice a été signé. Je l'inscris dans ce journal que j'ai décidé de tenir, même si je sais pertinemment que je n'écrirai pas dedans quotidiennement. Le travail au bureau de poste me prend trop de temps.

Le Maréchal Pétain a, pour l'instant, encore notre confiance. Il doit savoir ce qu'il faut faire pour mettre la France en sécurité, ou alors il n'est plus le héros de la Grande Guerre ! Les gens sont, dans l'ensemble, attachés au vainqueur de Verdun ! Je crois que nous allons envoyer les filles à la campagne pendant l'été. Elles y seront mieux qu'ici. Il faut que j'entre en contact avec mes cousins.

Je n'ai plus le cœur à fredonner Les beaux dimanches de printemps[7] *comme j'en ai l'habitude. Mais il va falloir faire face ! »*

Lors d'un samedi chaud et ensoleillé, Eugénie et Laurette sont conduites à vélo par leurs parents jusqu'à la ferme de l'oncle Théophile. Les deux filles sont assises calmement dans la remorque, agrémentée de toutes sortes de vieux coussins pour rendre le trajet plus confortable, et tractée par Julien.

Elles sont enchantées à l'idée de passer leurs vacances en compagnie de Paul, Étienne, et Chantal. Ils sont âgés respectivement de 13, 12, et 10 ans. Elles partageront également leurs jeux avec Jules et Victor, les deux fils de 8 et 6 ans de l'amie d'enfance de Léonie, Lucie.

Du bonheur en perspective ! Des jeux et des rires à profusion ! Julien et Léonie sont rassurés de voir leurs filles aussi joyeuses, surtout après les terribles moments vécus sur la route de l'exode.

---

[7] Reda Caire, Disques Pathé, 1934.

Léonie est revenue de temps à autre rendre visite à son oncle depuis son départ pour la ville. Les enfants se connaissent tous et s'entendent bien.

Très tôt, elle a fait découvrir à ses filles la campagne de son enfance, malgré l'allégresse qu'elle avait éprouvée à la quitter.

C'est ainsi qu'Eugénie, imitée deux ans après par sa sœur cadette, va passer ses premières années à parcourir les mêmes endroits que sa propre mère, à se rendre à l'église pour prier et fleurir l'autel en compagnie de la cousine Florine, qui n'était pas encore paralytique, au cimetière pour y lire les noms de ses ancêtres, notamment ceux de sa grand-mère, Louise, et de son arrière-grand-mère, Honorine.[8]

Théophile les accueille chaque fois à bras ouverts. Son épouse, Aimée, a bien fait quelques commentaires à l'occasion du séjour à venir, plus long que d'habitude, des enfants de Léonie.

— Elle était bien contente, ta nièce, de quitter notre monde paysan ! Tu m'as suffisamment répété ce qu'elle t'avait dit à l'époque : que la vraie vie se déroulait en ville. Qu'elle avait l'âge suffisant pour suivre l'exemple de toutes celles qui avaient décidé de s'émanciper ! Tu vois ! Je me souviens de tout, mot pour mot ! Elle est néanmoins ravie d'y revenir pour y trouver la protection que la vie citadine ne lui offre plus !

Aimée a le cœur généreux, mais le labeur ne manque pas à la ferme. S'occuper de cinq enfants lui semble alors un peu lourd. Mais elle ne parvient pas à raisonner son époux.

— Écoute, Aimée. C'est la fille de ma défunte sœur. Elle a eu bien du malheur quand elle était enfant ! Nous devons l'aider.

Ce qu'il s'est empressé de dire à Léonie.

— Il n'y a aucun problème à les garder tout l'été jusqu'à la rentrée scolaire d'octobre. Ne vous faites pas de souci !

— Merci, mon oncle. L'atmosphère est plutôt tendue en ville. Tous ces Allemands partout ! Les drapeaux et leurs croix gammées qui flottent sur un grand nombre de bâtisses… Il n'est quand même pas possible qu'on puisse se résoudre à accepter ça !

— Et toi, Julien ? demande Théophile.

---

[8] *Terres pouilleuses.*

— Ça va être difficile ! La police doit obéir au pouvoir en place à Vichy. Montrer son désaccord, c'est prendre de gros risques. J'ai pas mal de connaissances dans la police qui ont été limogées, notamment tous ceux qui avaient eu des sympathies avec le parti communiste. Il va falloir faire attention à tout ce qui est dit ou fait…

— D'ailleurs, à la poste, personne ne donne son opinion au sujet des derniers événements. On craint d'être observé, écouté… Il ne faut surtout pas critiquer Pétain ! Et les seules valeurs mises à présent en avant sont celles de l'ordre, de la discipline et de la pénitence, pour mieux renaître en tant que nation ! Tu connais ma nature, mon oncle. J'ai toujours été rebelle dans l'âme. Et voir mon pays sous la botte allemande m'est insupportable !

— Je ne pense pas que tu puisses, à toi toute seule, empêcher ça ! Nous aussi, il va falloir qu'on coopère, Léonie ! Tout va être répertorié, et une grosse partie des récoltes réquisitionnée pour les besoins de l'armée allemande. Mais vous pouvez partir tranquilles ! Ici, les petites seront plus à l'abri qu'en ville. Elles auront plus de distractions en compagnie de tous les enfants, les miens et ceux de ton amie Lucie.

Avant de regagner leur logement, Léonie et Julien sont allés se recueillir sur la tombe de Gustave Fauvier, figure paternelle de Théophile, que celui-ci fleurit régulièrement[9], celle de la mère de Léonie, et celle d'Honorine, cette grand-mère envoyée à l'asile avant que Léonie vienne au monde. Tout semble à la fois si loin et si proche. Léonie se revoit sur les genoux maternels, soudainement informée de l'existence d'une aïeule ; il y a aussi dans son souvenir la porte close de la chambre parentale. Elle s'entend tambouriner pour qu'on la laisse voir sa mère. Elle ne comprend pas ce qui se passe autour d'elle.

« — Mais je veux voir maman !

Elle s'accroche à la poignée de la porte de la chambre, fermée à clef. Sa grand-mère la détient dans une poche de son tablier.

— Maman ! Maman ! Je veux te parler ! Laisse-moi entrer !

Elle voit toutes ces mines graves et cet affairement autour de sa mère. Elle se met à pleurer.

---

[9] *Terres pouilleuses.*

— Maman ! On m'empêche de te voir ! »

Tout s'éclaircira à mesure qu'elle prendra de l'âge, mais cela lui a laissé une profonde colère. Un sentiment d'injustice dont elle a encore du mal à se défaire.

Il faut aussi rendre visite à Lucie, l'amie de ses premières années. Léonie ne peut pas envisager de quitter le village sans l'avoir vue.

C'est une femme occupée à étendre des draps derrière la maison que Léonie vient interrompre dans sa tâche. Elle tourne vers ses visiteurs un visage rougi d'avoir trop pleuré.

– 7 –

« Lucie ! Mais que se passe-t-il ?

— Léonie ! »

C'est le seul mot qu'elle réussit à prononcer. Elle s'effondre dans les bras de son amie. Elles se tiennent serrées l'une contre l'autre. Tout comme elles le faisaient lors de leurs chagrins d'enfants. Se rapprocher les rassurait.

Lucie parvient enfin à s'exprimer.

— Vous me trouvez au moment où je viens de recevoir une lettre d'Henri. Il a été fait prisonnier en mai. J'étais sans nouvelles de lui depuis plusieurs semaines. Je suis à la fois soulagée et inquiète. Elle leur lit le message qui lui est adressé :

« Ma chère femme,

Je suis prisonnier de guerre et en bonne santé. Je pense à vous en permanence. Je vous aime et vous embrasse tous les trois tendrement.

Henri. »

— La Première Guerre m'a déjà pris mon père. Je ne veux pas perdre mon mari. Il n'est pas question que je sois obligée de raconter à mes fils qu'il s'est endormi très loin, comme ma mère l'a fait pour moi !

Léonie se souvient.

Elle revoit la maman de Lucie effondrée quand le maire était venu lui rendre visite. Lucie lui avait expliqué que son père dormait très loin d'ici.

« — Tu crois qu'il reviendra se reposer ici ?

— J'aimerais bien, mais maman m'a dit que pour l'instant, ça n'était pas possible. »

— Je n'en peux plus de vivre sans lui. Nos garçons le guettent tous les jours. Je pense qu'il doit être obligé de travailler pour les Allemands, et qu'il est convoyé par train. Dans mes rêves les plus fous, je l'imagine prisonnier dans un camp situé près d'une voie ferrée. J'habiterais avec les enfants dans un petit village situé non loin de cette voie sur laquelle transite le train qui le mène au travail. Et ce qui l'aiderait à tenir, ce serait la vision quotidienne de sa famille présente chaque jour sur le quai de la gare, à la même heure. Il nous apercevrait à travers les fentes des parois du wagon. On se serait mis d'accord dans un courrier. On serait présents, tous les trois, moi et les enfants. Je ne le verrais pas, mais je saurais qu'il est parmi tous ces hommes enfermés dans le compartiment. Si seulement mon rêve pouvait se concrétiser !

Léonie l'aide à sortir les draps encore humides du panier et à les étendre. Puis elles s'acheminent toutes les deux jusqu'à la maison de Lucie. Il s'agit de la ferme héritée des parents d'Henri.

— Comment va ton oncle ?

— Il vit. Vous ne le verrez pas. En dehors des travaux de la ferme, il ne sort jamais. Il ne veut pas montrer le visage que lui a laissé la Première Guerre en souvenir. Sa fiancée l'a quitté à son retour du conflit à cause de ça…

— Oui. Je me souviens. Comme cela s'est produit pour des tas d'autres. Et dire que les hommes sont de nouveau à la guerre ! J'ai su que les fils Bonnard s'étaient engagés. Tu te souviens de l'époque où on jouait avec eux ? Ils nous parlaient de leurs lectures, des histoires de Croquignol, Ribouldingue et Filochard, et aussi des aventures de la Bretonne, Bécassine, capable de traverser la France pour découvrir la Bochie !

Léonie parvient à faire sourire Lucie. La tristesse est cependant présente dans ses yeux.

— Lucie, on va être obligé de repartir demain tôt.

— On va passer la nuit chez les cousins, ajoute Julien, mais on ne repassera pas chez toi, car nous avons laissé pas mal de choses en train avant de partir.

Les deux amies s'étreignent un long moment, puis Julien embrasse Lucie en essayant de la rassurer.

— Tiens bon, Lucie ! Pour tes enfants, pour Henri.

— Merci, Julien ! À bientôt !

Le lendemain, ils s'en retournent chez eux à vélo. Chaque véhicule dispose de sa plaque d'identité avec nom et adresse, fixée sur l'avant du cadre.

Ils partent tôt le matin, pour faire la quarantaine de kilomètres qui les séparent de la ville. Ce qu'ils avaient fait un jour plus tôt en sens inverse.

⁂

Lorsqu'ils sont allés récupérer Eugénie et Laurette, une fin de semaine en septembre, ils ont évité de trop faire allusion aux préoccupations du moment. Ils pensent qu'elles sont encore petites pour prendre conscience de ce qui est en marche.

La veille, à l'aller, Léonie a fait une chute en raison des gravillons qui ont fait glisser son vélo. Pour couronner le tout, le pneu avant a crevé. Julien avait heureusement sur lui une lime, un vieux morceau de chambre à air découpé dans celle d'un cycle hors d'usage, et de la colle. Il a été plus prévoyant que lors d'un précédent voyage. Il a pu se faire aider par un paysan, qui s'est occupé de réparer la roue, tandis que Julien consolait Léonie, contusionnée par sa chute.

Elle ne cessait de répéter :

— Le gouvernement n'arrête pas de nous seriner qu'il n'y a rien de mieux que la bicyclette, parce qu'elle seule nous offre à la fois une économie d'argent et de temps, des loisirs supplémentaires, de l'indépendance, la possibilité d'être en bonne santé grâce à l'activité physique qu'elle nous procure quotidiennement, et qu'elle nous rend également d'innombrables services. Liberté, confort… Bref, une petite merveille ! Encore faut-il en avoir une ! Certains n'en possèdent plus, parce qu'elle a été volée, ou parce qu'elle est hors d'usage !

Julien s'est contenté de la laisser débiter son chapelet. Il sait que cela la soulage, et qu'elle lui cherchera moins de poux sur la tête. Il ne veut pas, une fois de plus, servir de bouc émissaire.

Ils veulent surtout être chez eux dans les temps. Ils savent que les Allemands ne plaisantent pas.

Léonie fulmine en pensée.

Ils régissent nos vies ! Moi qui ai toujours refusé qu'on dirige la mienne, c'est un comble ! Je devrais avoir le cran de me révolter et je n'en fais rien. Je me soumets, parce que j'ai mes filles à protéger ! Une excuse pratique, mais quoi faire d'autre pour ne pas courir le risque de mettre ma famille en danger ?

Le ciel est comme une immense ardoise que l'on a mal effacée, avec, çà et là, des traînées d'un blanc plus soutenu sur un fond brumeux. Le silence règne, chacun retranché dans ses pensées.

Léonie, depuis qu'elle a parlé avec Lucie, se souvient du jour où son oncle est revenu de captivité, après plusieurs années derrière des barbelés.

« Oncle Théophile ! Si tu savais comme je suis contente que tu sois de retour. Papa n'est pas là, je n'ai plus que toi ! »[10]

[10] *Terres pouilleuses.*

– 8 –

Les fillettes sont rentrées enthousiastes de leur séjour à la campagne. Le mois de juillet ensoleillé a été suivi de semaines fraîches et pluvieuses pour un mois d'août, mais celles-ci ne les ont pas empêchées d'apprécier leurs vacances.

— Qu'est-ce qu'on a ri à faire des glissades dans la grange ! dit Eugénie. J'ai aussi été autorisée à traire les vaches toute seule !

— Et moi, j'ai donné du grain aux poules ! ajoute Laurette.

— De vraies petites fermières ! commente Julien, ce qui ne fait pas sourire Léonie.

« Non ! Léonie ne veut pas stagner dans l'univers étriqué de la paysannerie. Elle ne se voit vraiment pas occupée à traire, baratter son beurre, ramasser ses œufs, élever des lapins qu'elle ira vendre sur le marché. »[11]

— Et on a aussi appris une bonne nouvelle : tante Aimée va avoir un autre bébé !

— Vous allez ainsi avoir un nouveau petit cousin ! dit Léonie. Ou une autre petite cousine !

Quelque temps après leur retour chez elles, Eugénie a parlé à Julien de la venue de soldats allemands à la ferme.

— Tu sais, papa ! Comme ceux que j'ai vus avec tante Yvonne sur la route en juin ! Habillés tout en vert !

Les deux sœurs ignorent encore le sens du mot « réquisitionner », même si les produits mentionnés tels que le blé, l'avoine, les pommes de terre, les œufs, la viande… ne sont plus une énigme pour elles.

— Et on est allées chez un copain du cousin Paul. J'y ai vu un casque en cuir bouilli noir, avec une pointe au milieu, juste au-dessus. Il m'a dit

[11] *Terres pouilleuses.*

que c'était un casque allemand de la guerre de 14 ! On s'est déjà battus contre les Allemands ? Et c'était quand, cette guerre ?

Julien lui explique alors brièvement ce qui s'était passé vingt-cinq ans auparavant.

— J'étais tout jeune. Je n'avais que 3 ans quand elle a éclaté. Ta maman est devenue orpheline pendant cette première guerre, juste avant qu'elle se termine.

— C'est pour ça qu'on va souvent au cimetière quand on retourne à la campagne ?

— Oui. Elle est née dans le village où vous passez vos vacances. Ses grands-parents sont aussi enterrés là-bas.

— Et son père ?

— Elle ne le voit pas souvent.

— Ils sont fâchés ?

— Non ! Mais ce serait trop long à t'expliquer. Je t'en parlerai plus tard.

— Et pourquoi je ne vois jamais mes autres grands-parents ?

— Nous n'avons plus nos parents non plus, Yvonne et moi. Ils sont enterrés loin d'ici.

Eugénie n'a plus de question, et décide d'aller jouer dans le jardin.

— Tu viens, Laurette ?

— Attends ! Je vais chercher ma poupée !

Julien sait qu'il peut compter sur son aînée pour s'occuper de la cadette. Son épouse l'éduque en ce sens.

Mais il se demande si Léonie ne la responsabilise pas un peu trop pour son âge, en lui confiant des tâches ménagères qui parfois la privent de ses jeux d'enfant.

— Une vraie petite mère ! a dit un jour la voisine, admirative.

Mais faut-il absolument s'en réjouir, quand l'époque fait déjà peser une chape de plomb qui oblige les parents à faire grandir leurs enfants plus tôt que prévu ?

– 9 –

Octobre 1940

« Ça y est. L'école a repris. Tout pourrait paraître normal s'il n'y avait pas ces maudits Allemands partout. Pas moyen de se balader sans en rencontrer un. Avec les amies, on a décidé qu'il fallait s'arranger pour ne jamais croiser leurs regards. Et on y arrive assez bien ! Je vais adopter les conseils à l'occupé, j'en ai du reste choisi un comme devise : "Les camelots leur offrent des plans de Paris et des manuels de conversation ; les cars déversent leurs vagues incessantes devant Notre-Dame et le Panthéon ; pas un qui n'ait, vissé dans l'œil, son petit appareil photographique. Ne te fais pourtant aucune illusion : ce ne sont pas des touristes."[12]

Quand je pense qu'il y a une affiche qui conseille aux populations abandonnées de faire confiance au soldat allemand !! Beaucoup ne jurent que par le maréchal Pétain. Sa devise est affichée partout. Mais certains se mettent à douter qu'il puisse vraiment être notre sauveur ! Et plus le temps passe, moins j'ai confiance en lui et sa politique. Je trouve que ce qu'il nous demande de faire est indigne d'un grand chef ! S'accommoder de la présence des Boches ? Pour combien de temps encore ? »

Léonie se livre dans son cahier. Elle inscrit tout ce qui lui passe par la tête. Elle sait que personne ne doit le découvrir. Aussi prend-elle grand soin de l'envelopper dans un vieux lainage qu'elle cache derrière la caisse à outils de la cave.

Quand elle remonte après l'avoir dissimulé, elle a le sentiment d'avoir accompli une forme de résistance. D'autant plus qu'il côtoie un exemplaire des livres interdits de vente et retirés des librairies par la loi Otto de 1940 : *Bas-fonds de Berlin*, de Joseph Kessel ! Même Julien l'ignore.

---

[12] Jean Texcier, 1940.

Ce dernier fait son travail de policier sans enthousiasme. Des tas de juifs naturalisés depuis de nombreuses années ont perdu la nationalité française. Il y a aussi l'internement de ceux qui sont étrangers en zone sud.

Lorsque arrive l'obligation du tampon juif sur les papiers d'identité, il est accablé.

— C'est une dérive totale, Léonie ! Juifs, communistes… Tous ces gens ne sont plus considérés comme des citoyens normaux ! Il y a un écrémage monstre dans la fonction publique. Pour peu que tu aies montré de la sympathie pour le communisme, même si tu n'en es plus membre, tu es fiché. Je t'ai souvent parlé de mon collègue Antoine. Il savait qu'on allait tôt ou tard le démettre de ses fonctions. Alors il a pris les devants : il n'est plus parmi nous. J'ai entendu dire qu'il allait essayer de rejoindre de Gaulle. Notre chef, le commissaire Drouer, n'est pas très optimiste quant au rôle que va devoir jouer la police française ! Il sait qu'il va avoir du mal à dissimuler ses opinions, et que cela risque de lui coûter cher. Lui, ce n'est pas un homme qui peut être indifférent à ce qu'on va lui demander de superviser, et il n'est pas non plus du genre à collaborer avec zèle. Il va chercher des solutions pour résister à sa manière. Mais il veut me confier la responsabilité du commissariat au cas où il serait obligé de disparaître un temps. C'est grâce à lui que je suis devenu officier de police. Je lui suis redevable.

— Mais qu'est-ce que tu y peux faire si des ordres sont donnés par Vichy ? Tu n'en es pas responsable !

— Si je le pouvais, je ferais comme Antoine : je quitterais mon poste, et peut-être que je partirais pour l'Angleterre ! Mais voilà ! Je suis marié et père de deux enfants. Il me faut obéir aux ordres du nouveau gouvernement, et je trouve leurs exigences haïssables !

Julien est, comme Drouer, bien décidé à agir de l'intérieur ! Léonie n'en saura rien. Il lui faut préserver sa famille, ne pas les mettre en danger par le double jeu risqué qu'il a choisi de mener.

Car il ne pourra pas se conformer aux réglementations des autorités militaires allemandes sans broncher !

Ou le pourra-t-il ?

Et devenir insensible au malheur des autres, capable de fermer les yeux sur tout ce qui se passera autour de lui ? Un maillon faible parmi d'autres qui participera à la laideur du monde ambiant ? Éviter de s'interroger, simplement obéir aux ordres donnés, et ainsi apaiser sa conscience en reportant la responsabilité sur autrui ? Faire comme son collègue Michaud, et obéir servilement au gouvernement de Vichy en faisant allégeance à Pétain ? Alors, il aura le sentiment grandissant de son insignifiance, face aux événements inacceptables de l'époque.

Julien sait qu'il va vivre douloureusement, et dangereusement. Tiraillé entre ses obligations professionnelles, et ses convictions morales. Sera-t-il capable de rester en poste tout en désobéissant ? Cela demande un cran qu'il n'a peut-être pas.

Il se sent pris dans un étau.

Il a parfaitement conscience d'appartenir à une administration qui sera sur la sellette après la guerre, si celle-ci se termine un jour. Ce qu'il espère bien. Et la police sera jugée, vilipendée par certains, soutenue par d'autres, mais on lui reprochera sa collaboration avec le régime de Vichy.

Il n'en peut plus de se torturer l'esprit de cette manière. Il faut qu'il fasse quelque chose. Quoi qu'il advienne, il ne veut pas avoir honte de lui-même.

Sa décision est prise : il ne va pas rester passif et permettre à l'injustice de régner en toute impunité.

– 10 –

Léonie a quitté son guichet pour se rendre aux toilettes ! Elle aperçoit Lucien, un collègue du tri postal. Elle veut l'éviter. Elle s'en méfie. C'est un vrai défenseur de l'État français, de Pétain et de Laval : il ne jure que par eux !

La devise du nouveau gouvernement a été affichée au mur de la salle de repos :

Bientôt notre terre chérie
S'enrichira d'un pur froment
Et notre France enfin guérie
Resplendira plus fièrement
« Travail, Famille et Patrie »
Sont nos seuls cris de ralliement !

Pour les toilettes, elle décide d'attendre que Lucien soit de nouveau à son poste.

Léonie ne sait rien des intentions de son époux au sein de la police. Julien, de son côté, ignore que sa femme rêverait, elle aussi, d'une forme de résistance, et de rébellion à sa manière, à la poste.

— Mettez-moi un timbre à l'effigie du Maréchal pour affranchir ma lettre !

— Je suis désolée ! Mais nous avons été dévalisés !

— Et ceux sur la Légion volontaire contre le bolchevisme ?

— Ce n'est vraiment pas de chance ! Je viens d'utiliser le dernier !

Ah ! Si seulement ! Mais cela ne risque pas de se produire, puisque ce sont les affranchissements standards. Il ne risque pas d'y avoir pénurie !

Le héros de la Première Guerre est encensé par beaucoup. Notamment les anciens combattants. Ils voient en lui l'homme providentiel, et l'acclament lors de ses déplacements.

Un sauveur dont elle vient d'entendre l'annonce à la radio, en ce 30 octobre :

« J'entre aujourd'hui dans la voie de la collaboration. »

Julien l'a entendue aussi sur son lieu de travail. Il montre sa consternation, une fois rentré chez lui.

— Tu es au courant de ce qu'a déclaré Pétain ? Il a rencontré Hitler, et on va devoir collaborer avec les Allemands ! La police française va être au service de l'idéologie nazie ! J'ai honte d'en faire partie !

— Mais tu n'es pas responsable de la situation, Julien !

— Peut-être ! Mais cela risque de devenir intenable !

Pétain n'est plus pour lui le sauveur messianique qu'il prétend être, en intervenant sans cesse sur les ondes, en faisant vendre son portrait par tous les écoliers, en voyageant à travers le pays pour se faire acclamer. D'autres, comme Julien, voient clair à présent ! Ils ne sont plus du tout prêts à lui accorder leur sagesse et leur patience.

– 11 –

L'été 1940 est bien loin dans les têtes. Léonie et Julien doivent maintenant affronter des conditions hivernales difficiles.

Les gens ont du mal à dénicher du combustible. Julien voit souvent déambuler, dans les rues de son quartier, une dame âgée emmitouflée dans de vieux vêtements, tirant une ancienne remorque derrière elle pour aller s'approvisionner en bois ramassé çà et là sur des terrains vagues. Le manque de charbon, le rationnement de la nourriture, que l'on ne peut trouver légalement que par l'intermédiaire de tickets, rendent la vie éprouvante.

D'après les souvenirs qu'elle a de son enfance, Léonie se dit que, dans sa campagne natale, il doit sans doute falloir fréquemment casser la glace des abreuvoirs pour que les bestiaux puissent boire !

Pendant ce temps-là, Jeannot et ses copains profitent de l'eau gelée pour faire des glissades sur les petites mares figées capables de supporter leur poids. Un bonheur qu'ils piaffent d'impatience d'éprouver à chaque nouvelle manifestation de l'hiver.

⁂

Noël a été fêté de façon à donner aux fillettes l'impression que la vie était à peu près normale. Julien a décoré le sapin avec elles, leur laissant le soin de mettre les guirlandes. Leur excitation n'a pas réussi à atténuer son anxiété.

Le matin du 25 décembre, les enfants se sont ruées au pied de l'arbre. Eugénie y a découvert une dînette, et Laurette un poupon, les jouets posés sur les souliers qu'elles n'ont pas oublié de placer là, la veille. Il y a également quelques livres et illustrés, *Lisette*, *Bernadette*, obtenus au marché noir contre des biscuits caséinés. Ils ont même chanté ensemble.

Trois anges sont venus ce soir
M'apporter de bien belles choses
L'un d'eux avait un encensoir
L'autre avait un chapeau de roses
Et le troisième avait en main
Une robe toute fleurie
De perles d'or et de jasmin.[13]

Mais le cœur des adultes est lourd. Surtout pour Julien. Il vit de plus en plus mal le poids de sa hiérarchie. Pas question de se confier à quiconque au travail. Certains de ses collègues sont très empressés de servir le Maréchal.

— Tu sais ce que m'a déclaré Michaud ? dit-il un soir à son épouse.

Il ne s'efforce même pas de prendre le ton de voix de son collègue, ce qui a pour habitude d'amuser Léonie. Mais pas ce soir. Il n'a nulle envie de faire rire.

— « On nous demande de trouver et d'arrêter des juifs. Pour ma part, je ne fais qu'obéir aux ordres ! » Il a même ajouté : « Moi, je trouve qu'il y en a de trop ! Alors, se débarrasser de quelques-uns d'entre eux, ça ne peut pas faire de mal ! » Ce gars est odieux, mais j'évite de lui montrer ma façon de penser. Il n'y a rien de bon à attendre d'un type pareil ! Il va s'adonner à la chasse aux « cocos », comme il les appelle, aux juifs et aux francs-maçons, avec assiduité et constance. Il clame sur tous les tons qu'il ne veut que le bien de la France !

Julien se redonne le moral en songeant au général de Gaulle à Londres, et surtout à la famille Cravick, installée en France depuis le départ de l'arrière-grand-père de sa Pologne natale à la fin du dix-neuvième siècle. Julien est allé en catimini les prévenir de l'imminence d'un contrôle. Quand la police est arrivée, tout le monde était absent, les parents et leurs deux enfants.

Et surtout, il repense à ce qu'il a entendu sur Radio-Londres, où des Français parlent aux Français. Il y est parvenu, malgré les ondes brouillées par les Allemands.

---

[13] Tino Rossi, 1940.

Mais il en a assez d'entendre la propagande de Radio-Vichy ou encore celle de Radio-Paris. Et il ne regrette pas d'avoir persévéré. Un chroniqueur s'est adressé aux enfants en ce 24 décembre 1940 : *« Et dans la nuit, tu sentiras la main robuste des Croisés de la Libération, du général de Gaulle et de ses compagnons, qui te soulèveront doucement pour que tu voies briller de plus près, dans cette ombre terrible d'où renaît le jour, l'étoile de la France éternelle ! »*.

– 12 –

1941

« Je constate que, pour l'instant, le mythe Pétain permet à bon nombre de Français de supporter l'envahisseur. Il y a de l'indifférence, mais pas d'hostilité très marquée.

Je suis surprise de constater qu'il y a peu de tracts anti-Allemands. Il faut dire que leur impression est rendue difficile. Je sais par Julien que les commissaires sont les seuls à pouvoir autoriser les professionnels à revendre des appareils de duplication et de stencils. On ne peut pas acheter d'encre, de papier sans un justificatif ! Quant à ceux qui les distribuent, s'ils se font prendre, c'est la mort assurée ! »

La petite Agathe, deuxième fille d'Aimée et Théophile, naît dans un monde chaotique, mais illumine passagèrement les visages de toute la famille. Léonie lui a fait parvenir deux bavoirs conservés depuis la naissance de ses filles, et un texte poétique qu'elle s'est amusée à rédiger, comme cela lui arrive parfois. Des instants qui lui permettent de redonner un sens à l'existence du moment.

« Une petite fille
A pointé son nez.
Sa jolie famille
L'a bien désirée.
Ses yeux vont s'ouvrir :
Que vont-ils trouver ?
Un bouquet de sourires,
Des nuées de baisers,
De ses frères les rires,
Leur regard étonné.
Frimousse en éveil

Qui procure la joie,
Petite merveille
Qui suscite l'émoi.

Que j'aurais aimé avoir la plume du poète Paul Eluard, capable de parler si bien de la Liberté !

"Sur mon cahier d'écolier
Sur mon pupitre sur les arbres
Sur le sable sur la neige
J'écris ton nom..."

Cette liberté dont nous n'avons conscience qu'une fois qu'elle nous est ôtée ! Jamais je n'ai éprouvé un tel sentiment d'oppression ! »

⁂

L'Occupation revient vite au premier plan.

Les Allemands sont aperçus devant la Kommandantur de la ville, parfois à bord de véhicules. Il y a des patrouilles, des contrôles d'identité, mais l'on peut presque se dire que si l'on n'est ni juif, ni communiste, ni résistant, et qu'on les laisse tranquilles, ils font de même, se contentant de réquisitionner les produits ruraux selon des quotas établis en haut lieu. Néanmoins, des libertés sont vite prises pour augmenter ces quotas en faveur d'officines allemandes.

« L'occupant vous laisse en paix, à condition que vous agissiez comme il le souhaite. »

Alors, on essaie de vivre comme avant. Ou presque. Avec, en plus, tous les panneaux signalétiques en langue étrangère, et des croix aryennes qui flottent un peu partout.

Le fils du médecin de Léonie a rejoint un groupe de jeunes qui s'efforcent, par leur style vestimentaire, de montrer une certaine résistance au régime de Vichy et son ordre moral. Il se revendique zazou, et déambule habillé de vestes très longues, de pantalons trop larges, ses cheveux longs et bouffants sur le dessus du crâne. Il écoute les musiques de Michel Warlop et tout ce qui swingue un peu, comme les chansons de Ray Ventura et son orchestre, ou celles de Johnny Hess. Il ose même arborer une étoile jaune sur laquelle est inscrit le mot SWING.

« Ils ont l'air dégoûtés,
Tous ces petits agités,
Ah, ils sont zazous ! »

Ce fils rebelle prend le contre-pied, avec des centaines d'autres, de tous ces garçons et filles envoyés dans les Chantiers de la jeunesse, auxquels on inculque le sens de la hiérarchie et de la discipline.

— J'espère que c'est peut-être une façon de former une armée clandestine pour le futur ! a dit Julien à Léonie, un midi qu'ils s'apprêtent à se mettre à table. Mais il a bien du mal à y croire.

Léonie déjeune vite, elle ne veut pas être en retard au travail. Alors qu'elle est sur le point d'enfiler sa nouvelle veste, elle lui fait remarquer le tissu du vêtement.

— Avec la pénurie de textile, j'ai utilisé d'anciens doubles rideaux pour la confectionner ! Tu sais ! Ceux que nous avions dans le logement de la gendarmerie.

— Astucieux !

Puis Léonie s'éloigne, faisant claquer ses souliers sur la dalle extérieure cimentée. Cela fait automatiquement résonner la chanson du moment dans la tête de Julien.

« J'aime le tap, tap, tap des semelles en bois
Ça me rend gai, ça me rend tout je ne sais quoi
Lorsque j'entends ce rythme si bon
Dans mon cœur vient comme une chanson. »[14]

Le samedi, sur la place du marché de la ville, il y a quelques musiciens et des chanteurs de rue. Des feuillets sont vendus au public qui, grâce aux paroles fournies, se met à entonner en chœur *L'étoile de Rio*, ou *Bel-Ami*. Des Allemands sont par deux, un peu plus loin. On s'efforce de les ignorer. Il faut en profiter, car ces rassemblements vont vite représenter un trouble à l'ordre public pour l'occupant. De là à les supprimer, il n'y a qu'un pas…

Ces mêmes Allemands fréquentent leur propre salle de cinéma, leur *kino*, tandis qu'on inflige aux Français des films contrôlés par l'ennemi.

---

[14] Maurice Chevalier, 1941.

Malgré une censure impitoyable, *Paradis perdu* [15] a réussi à être à l'affiche. Yvonne s'est empressée d'aller le voir.

— Il y a un moment où les cloches sonnent pour célébrer la victoire de la France, en 1918, et on voit des drapeaux français s'agiter. Je peux vous dire qu'on a entendu le public frémir !

Quand les militaires ennemis ne sont pas dans les rues, on peut les apercevoir occupés à faire des exercices physiques d'entraînement.

Les enfants observent ceux qui viennent sur le terrain de football abandonné, devenu lieu de manœuvres des régiments. Beaucoup sont rappelés immédiatement par leurs parents, pour lesquels la présence de l'envahisseur est une infamie.

---

[15] Abel Gance, 1940.

– 13 –

Eugénie est dans une école pilote où les élèves sont de temps à autre pris en main par des normaliennes. L'enseignement moderne de l'époque laisse une grande place à la découverte individuelle, au travers d'activités telles que le jardinage. *Ce qui ne doit pas déplaire au gouvernement, lui qui prône le retour à la terre !* fait remarquer Léonie.

On a expliqué aux élèves qu'ils devaient, à l'automne, ramasser des marrons le jeudi, afin d'aider à la fabrication du savon. Ils sont enthousiastes !

Eugénie aime beaucoup Émilie Thiel, sa nouvelle enseignante.

Son prédécesseur, monsieur Brunick, a été démis de sa charge parce qu'il était juif, et possédait un récepteur radio, objet qui lui était formellement interdit de détenir depuis l'ordonnance allemande du 13 août 1941. Mais quelqu'un l'avait aperçu en train de se rendre à l'endroit où il le cachait. Il avait un logement de fonction, et le poste se trouvait dans une des pièces du sous-sol de l'école. D'ailleurs, un parent d'élève avait bien insisté là-dessus auprès des autres adultes.

— La loi le dit très clairement ! Il n'a à s'en prendre qu'à lui-même !

Un jour qu'elle est en classe, Eugénie demande si, elle aussi, bénéficiera d'un petit dictionnaire comme celui de Clémence, une autre élève.

— Mais qu'est-ce qu'on y trouve dans ce dictionnaire ? l'interroge l'institutrice.

— C'est pour pouvoir parler aux Allemands. Regarde, maîtresse ! Elle me l'a prêté.

— *L'Allemand tel qu'on le parle avec prononciation française.* Je pense que tu n'auras pas besoin de parler à l'occupant ! Clémence non plus. Tu peux me le confier, je le lui rendrai !

Eugénie obtempère.

Arrive le moment de la récréation. De nombreux choix de jeux s'offrent à elle.

Chat perché, ou jeu de la barre, pendant lequel une camarade se tient bras tendus pour attraper tous ceux qui passent à proximité. Une fois suffisamment de prisonniers faits par la première, la chaîne obtenue finit par former un cordon aussi long que possible, laissant très peu d'espace aux autres pour se mouvoir et s'éloigner, afin de ne pas être obligés de rejoindre la barre à leur tour. Eugénie ne s'en lasse pas, elle pourrait y consacrer des heures entières.

Elle observe un groupe de garçons occupés à « rébuter » : l'un d'entre eux se tient debout à distance d'un autre camarade ; chacun déplace son pied de façon à le poser juste devant le talon du prochain pied avancé, et ainsi de suite jusqu'à chevaucher celui de l'adversaire.

— Je suis dessus ! C'est moi qui décide du jeu ! Aujourd'hui, ce sera celui des métiers ! Je commence : M-D !

Il arrive à Eugénie de repenser à Jeannot et Gilbert lorsqu'elle les observe. Elle les imagine en train de jouer avec un objet fabriqué à partir de rondelles de chambre à air de vélo, qui entourent, en leur centre, un morceau de tissu ou de lainage, le tout bien serré de façon à obtenir une balle dans laquelle ils vont frapper à qui mieux mieux.

Mais pas question de jouer à la guerre entre Français et Allemands comme pendant celle de 14-18 ! Sa maman lui a souvent parlé des garçons de son village : « *... les plus grands qui, dès qu'ils ont un moment de liberté, imitent les adultes dans des jeux guerriers. Ils sont eux aussi mobilisés par le conflit...* » Les fils Bonnard faisaient partie de ceux qu'elle observait avec envie lorsqu'elle était petite : « *Ils courent, se poursuivent, se cachent, puis font semblant d'être blessés.* »[16]

Il y a aussi les osselets, ou peut-être qu'ils jouent aux billes : le bisquaillin, grosse boule en terre colorée ; les tocs (billes de roulement en acier), que l'on perd, ou gagne...

Quand garçons et filles se mêlent, des rondes se mettent en mouvement en chantant :

---

[16] *Terres pouilleuses.*

« Mon palais royal / est un beau quartier / Toutes les jeunes filles / sont à marier. Mademoiselle Untel / est la préférée de / Monsieur Untel / qui veut l'épouser. »

Eugénie aimerait tellement sauter à la corde au milieu de la ronde, tandis que les autres scanderaient les sauts en criant « oui, non / oui / non ! » Alors, elle raterait celui qui la bloquerait sur un « oui », et deviendrait la compagne de Jeannot, qui aurait été désigné par les autres. Elle n'en a rien dit à l'époque de l'exode, mais elle appréciait quand il était près d'elle et qu'il la faisait rire ! Depuis, elle pense souvent à lui.

Laurette est, pendant ce temps-là, au jardin d'enfants. Eugénie la ramène à la maison après les classes. Elle prend son rôle d'aînée très à cœur. Leurs parents sont accaparés par leurs métiers respectifs.

Aux PTT, comme au commissariat de quartier auquel Julien est rattaché, où il enregistre les procès-verbaux, les infractions…, l'emploi du temps s'effectue par roulements : matin, midi, ou soir.

Aussi Eugénie doit-elle se souvenir de toutes les recommandations données par ses parents. Léonie lui a demandé très tôt de se conduire comme une petite maîtresse de maison, et de veiller sur sa sœur en leur absence.

Elle apprend vite à réchauffer la soupe, tisonner l'âtre afin d'en faire tomber les cendres, et de maintenir une température adéquate.

Il y a, dans le salon, un gros poêle émaillé. C'est un Ciney à charbon. Il lui évoque celui de la cuisine de son grand-oncle Théophile. Ce qu'elle aime, là-bas, c'est leur énorme cuisinière à bois, équipée de plusieurs plaques sur le dessus. Mais chez ses parents, la cuisson s'effectue au gaz. D'ailleurs, il y a une chose qu'elle voudrait bien : c'est aller passer quelques jours à la campagne l'hiver, pour qu'on lui mette une brique chaude dans son lit, comme à ses cousins ! Elle sent qu'elle adorerait ça !

— Oh là là ! Je n'y arrive pas, ce soir ! se lamente la fillette. Maman va être encore en colère !

Elle cherche désespérément un moyen de faire grimper les degrés affichés. Il lui vient l'idée de placer le thermomètre de la maison près de l'appareil de chauffage.

Quelques minutes plus tard, Léonie est de retour. Elle s'étonne de la température indiquée.

— Eugénie ! Tu ne vas pas me faire croire que celle qui est là est la bonne ! Il fait un froid de canard ! D'ailleurs, il n'y a qu'à regarder le bac à cendres ! On ne peut vraiment pas te faire confiance ! Monte dans ta chambre avant que je m'énerve !

Quand Eugénie redescend de sa pièce, son père est, lui aussi, de retour.

— Maman n'est pas là ?

— Non ! Elle a dû retourner au bureau de poste pour une erreur de caisse. On va commencer à manger sans elle.

⁂

Mais il arrive à la petite fille sage qu'est habituellement Eugénie de vouloir faire des essais, tel que celui de goûter ce qui se trouve dans un bocal rangé en haut du placard de la cuisine. Les adultes semblent apprécier ce qu'ils appellent des cerises à l'eau-de-vie.

Alors, un jeudi qu'il n'y a pas classe, elle décide de satisfaire sa curiosité. Après s'être hissée sur une chaise et avoir saisi l'objet convoité, qu'elle a eu un peu de mal à faire glisser du fond du compartiment pour qu'il parvienne jusqu'à elle, elle invite sa sœur à la rejoindre. Elle a des difficultés à le transporter. Surtout, ne pas le laisser tomber. Les deux fillettes se sont assises autour de la table du salon. Il lui faut ensuite soulever le couvercle après avoir tiré sur la languette du caoutchouc qui protège le bocal. Elles peuvent enfin commencer leur dégustation. Elles sont tout excitées de faire comme les grands ! Eugénie se charge d'approvisionner sa sœur à l'aide d'une grosse cuillère. Le liquide est un peu fort, mais le fruit est délicieux ! Elles n'oublient pas, bien sûr, de recracher les noyaux sur une petite assiette. Leur gourmandise est bien récompensée !

C'est alors qu'Eugénie aperçoit, de sa chaise, le dessus du chapeau paternel qui passe à l'extérieur, le long de la fenêtre. Julien est rentré à l'improviste pour s'assurer que tout allait bien.

Le cœur d'Eugénie s'emballe. Elle reste figée sur place au moment où son père entre dans la pièce.

— Hé bien ! Je crois que j'arrive à temps ! Mais qu'est-ce qui t'a pris, Eugénie, de donner ces cerises à ta sœur ?

— Je voulais simplement les goûter, dit-elle au bord des larmes.

Julien ne s'emporte pas. Il se contente de la sermonner calmement.

— Mais ces fruits sont à l'alcool ! Et c'est dangereux pour les enfants ! Il faut me promettre de ne plus recommencer.

— En plus, c'est fort ! ajoute Laurette.

La table est débarrassée, le bocal remis plus haut dans le placard.

— Bon ! Je suis rentré plus tôt pour vous. Allez un peu jouer dans le jardin ! Ensuite, on pourra regarder des livres ensemble.

— Tu vas en parler à maman ?

— Ça restera entre nous. Promis ! D'accord, Laurette ?

Celle-ci fait oui de la tête, avant de tendre la main à sa sœur pour sortir.

Julien est attendri par la vision de ses filles. Il ne parvient cependant pas à oublier la nouvelle de la journée : les troupes allemandes sont aux portes de Moscou. L'avenir lui semble très sombre.

– 14 –

Le Noël 1941 a redonné un peu d'espoir à Julien. Il repense à ce qu'il a capté sur Radio-Londres la veille au soir.

« Mes chers enfants de France, vous avez faim, parce que l'ennemi mange notre pain et notre viande. Vous avez froid, parce que l'ennemi vole notre bois et notre charbon, vous souffrez, parce que l'ennemi vous dit et vous fait dire que vous êtes des fils et des filles de vaincus. Eh bien ! Moi, je vais vous faire une promesse, une promesse de Noël. Chers enfants de France, vous recevrez bientôt une visite, la visite de la Victoire. Ah ! Comme elle sera belle, vous verrez. »[17]

Mais il y a eu, depuis, la consigne de faire porter une étoile jaune à tous les juifs du pays, qui deviennent des citoyens de deuxième ordre. Le climat est nauséabond. En cette année 1942, rien ne semble malheureusement pouvoir empêcher l'air vicié de se répandre avec plus de force encore, et toujours un peu plus loin.

Le mois d'avril est chaud. Eugénie aimerait bien revoir Jeannot.

— Papa ! Tu crois que je pourrais revoir les deux garçons du camion de l'exode ? Tu sais ! Jeannot et Gilbert ! Ils sont vraiment gentils et nous font bien rire.

— Pourquoi pas ? Je vais en parler à maman. Elle le dira à ta tante, qui connaît le chauffeur du camion. Toutes les occasions de se divertir sont à saisir ! Il y en a si peu, à présent !

Il ne dit pas à Eugénie que le chauffeur est devenu l'amoureux d'Yvonne. Ils se sont revus plusieurs fois depuis l'exode. Ils s'entendent bien. Elle sait s'amuser de ses bons mots, et lui apprécie sa douceur.

C'est ainsi que la petite fille s'en va à vélo un dimanche de ce mois-là, en compagnie de la sœur de son père, dans une bourgade située juste à

[17] De Gaulle, 1941.

l'extérieur de la ville. Il y subsiste encore quelques fermes, même si ce n'est pas vraiment comme la campagne où elle séjourne l'été.

Eugénie est heureuse. Il fait beau, et Gilbert ne sera pas là avant la fin de l'après-midi. Elle veut surtout voir Jeannot.

Elle découvre la maison du jeune garçon. Mais elle est surprise de l'absence de Tango.

— Il est passé où, le petit chien noir et blanc que tu as recueilli pendant l'exode ?

— Il est dans sa niche, sans doute occupé à dormir. Mais il est un peu malade en ce moment. Il a dû manger une cochonnerie, c'est ce que me dit mon père.

Eugénie se dirige à l'endroit où se repose l'épagneul breton. Il se laisse caresser sans bouger.

— Sa truffe est chaude. Ce n'est pas bon signe ! Elle devrait être humide.

— Oui, je sais. Mon père m'a dit d'attendre encore un jour, pour voir comment ça évoluait.

Les deux jeunes se relèvent. Eugénie continue sa visite des lieux.

— Oh ! Mais vous avez une grande cour ! Et aussi un trou d'eau ? Tu dois en profiter pour t'y baigner quand il fait très chaud ! Je me souviens d'un petit étang dans lequel je me suis trempée l'année dernière : je pouvais sentir la vase toute douce sous mes pieds, et les poissons qui passaient entre mes jambes. J'aime bien également le jardin potager qui se trouve à la suite de la cour. Ça me fait penser à celui de la campagne de la famille de maman, chez ma tante Aimée. On y a un petit coin rien que pour ma sœur Laurette et moi ! On a le droit d'y cultiver ce qu'on veut, aussi bien des légumes que des fleurs !

Jeannot découvre qu'il a plaisir à retrouver cette fillette brune, au nez retroussé, encadré de deux yeux pétillants. Elle fait plus mûre que son âge à l'entendre parler, *et même physiquement*, se surprend-il à penser. Oui, il l'aime bien. Mais pas jusqu'à lui offrir un flacon de parfum comme avait fait un copain de classe à son amoureuse ! Le lendemain, le père de la fille en question s'était rendu chez le père du camarade.

Jeannot décrit la scène à Eugénie.

— Tu as vu ce que ton fils a offert à ma fille ? C'est du parfum pour femme. Je ne sais pas comment il se l'est procuré !

Le père de mon copain reconnaît un flacon comme celui qu'il offre à son épouse : Soir de Paris.

— Il a dû être en colère ! intervient Eugénie.

— Même pas. Mon copain m'a dit que ça les avait beaucoup amusés ! Mais ça a moins fait rire son père lorsque le même copain a distribué tous ses cigares à la récréation !

Il raconte cette dernière histoire à Eugénie qui, tout en riant aux éclats, déclare :

— Ton ami a dû se faire drôlement gronder !

Ils parlent de leurs activités respectives.

Jeannot lui avoue ne pas trop aimer l'école, et qu'il a souvent « gardé la bique ».

— Ah ! Ça, oui ! J'ai souvent écopé d'une retenue à l'école ! Aussi loin que je remonte, je n'ai jamais aimé ça. On ne m'a jamais vraiment expliqué ce que c'était, à quoi ça servait d'étudier. On m'a dit que c'était pour avoir un diplôme. Je ne savais même pas ce que c'était ! Je me souviens de la première fois : j'étais môme, et on m'a fait entrer dans une pièce avant de fermer des grandes portes vertes. Pour moi, c'était comme un portail de prison. J'allais être privé de liberté. Or, ce que j'aime, c'est la nature, l'espace ! On ne m'a jamais vraiment dit pourquoi il fallait aller en classe. Surtout que je devais porter une blouse noire et un béret quand j'étais tout petit ! Je me souviens, une fois, au CP, le maître nous a expliqué qu'il fallait prendre grand soin du matériel donné, notamment les plumes Baignol et Farjon. Ça sonnait comme un mot magique. Quand j'ai appris à écrire, je faisais beaucoup de pâtés. Comme on n'avait droit qu'à très peu de buvards, pour en avoir en permanence, avec ma sœur Marie, on allait aux foires pour obtenir des buvards publicitaires gratis ! Tout ça pour te dire que ce n'est pas le grand amour avec l'école. Par contre, j'aime lire ! C'est venu avec une maîtresse qui m'a fait découvrir l'histoire de Blanche Neige. Là, j'ai décidé d'apprendre à lire. Associer les consonnes et les voyelles est devenu un véritable jeu ! Et depuis, j'aime la lecture par-dessus tout. Il y a aussi ma passion pour la collection de timbres.

— Les timbres ?

— Oui ! Regarde ! J'ai deux livres pour m'aider à les sélectionner : Yvert et Tellier, et le Thiaude. Je rêve de posséder un jour les timbres émis à Bordeaux en 1870 !

— Qu'est-ce qu'ils ont de spécial ?

— Ce sont des timbres qui partaient de Paris par aérostat.

— C'est quoi ?

— Des sortes de ballons gonflés d'air chaud, tu sais, comme les montgolfières, ou remplis d'un gaz plus léger que l'air. Ils ont été utilisés par Gambetta.

— C'est qui ?

— Un homme d'État. Il s'est échappé de Paris à bord d'un de ces engins. C'était déjà la guerre avec les Allemands ! Je suis aussi intéressé par les timbres étrangers.

— Tu en achètes souvent ?

— Comme je peux ! Tous les timbres émis m'intéressent : ceux sur Pétain et les régions, ceux à la gloire des volontaires contre le bolchevisme, les triptyques pour la Croix-Rouge...

Jeannot feuillette ses albums pour les faire découvrir à sa jeune camarade. Elle, assise tout près de lui, boit ses paroles. Elle ne comprend pas tout, mais ses mots sont enchanteurs, et il a l'air passionné. Elle se sent tout émue.

— Je voudrais, si c'est possible, remonter la filière timbres jusqu'à leur première parution. C'était des timbres à l'effigie de Napoléon III et de Cérès. C'étaient les premiers timbres-poste d'usage courant en France. Ils étaient coupés aux ciseaux. Et je sais que, plus la marge est belle, plus leur valeur augmente. Alors, je vais au marché hebdomadaire du dimanche pour essayer de trouver ceux qui m'intéressent.

— Mais comment fais-tu pour les sous ?

— Je casse ma tirelire, je rends des petits services. Souvent, je regarde, mais je n'achète rien. Et puis, des fois, je vends du poisson en douce. Avec une épuisette, je peux attraper une carpe ou deux dans l'étang de la maison ! Dernièrement, j'en ai donné une à la postière pour la remercier de me mettre de côté les timbres intéressants. Elle me signale ceux avec des défauts d'impression, ça peut être la couleur, une lettre en moins ou en plus…, ou bien ceux qui ont leurs dates d'émission, qu'on appelle les coins datés… Une fois, j'ai pris du poisson sans rien dire sur l'étalage de mon père. Je dois t'avouer qu'un beau jour, un client auquel j'en avais vendu est venu lui signaler que c'était moins cher qu'en magasin ! Heureusement, mon père a bien réagi. Il a essayé de me faire comprendre ce qu'était un prix de revient, et j'ai cessé de prendre des carpes. À la place, je me suis mis à vendre des livres et des illustrés.

Eugénie se dit qu'elle cassera sa tirelire pour lui offrir les timbres qu'il cherche.

Il lui fait visiter sa maison. Elle voit une radio mal dissimulée sous une couverture, derrière un fauteuil.

— C'est un vieux poste. Et quand on l'écoute, c'est toujours brouillé !

Elle repère une glace dans la salle à manger, et s'arrête un instant pour vérifier l'état de sa coiffure.

Jeannot a aperçu son geste de coquetterie.

— Moi, pendant longtemps, j'ai évité de me contempler dans les miroirs. Parce que, un jour, j'étais encore petit, on m'a dit que j'étais comme un certain Narcisse, qui passait son temps à se regarder dans l'eau, et a fini par y tomber et s'y noyer. Et que, moi, si je continuais, j'étais sûr d'y voir apparaître le visage du diable !

— J'espère que tu n'y crois plus !

— Mais non ! Dis donc, ça te dirait d'aller chercher de l'herbe pour les lapins ? Parce que j'ai promis à ma mère de m'en occuper. Et elle va se mettre en colère, si j'oublie de le faire.

— J'aurais juste besoin d'aller aux toilettes. Je n'en ai pas vu dans ta maison.

— Vous vivez certainement dans un lotissement moderne. Ici, il n'y en a pas. Il faut utiliser les feuillées. C'est la cabane en bois près de l'étang.

Eugénie s'absente un instant.

Elle découvre, en guise de papier toilette, des pages de journaux ou de magazines accrochées à un gros clou planté sur un mur. Elle en fait la remarque une fois de retour. Elle ne lui parle pas des mouches et de l'odeur.

— Il y a beaucoup de lecture dans ta cabane !

— Figure-toi que c'est là-bas que j'ai lu des extraits de l'histoire de *Ben Hur*, ou du *Sheik blanc*. Ça m'a donné envie d'emprunter les livres à la bibliothèque pour lire les histoires en entier ! Mais il faut que tu saches que j'ai un oncle qui possède des toilettes beaucoup plus belles : les murs sont complètement capitonnés ; par terre, il y a un tapis, il y a un couvercle sur la lunette, elle-même insérée dans un coffrage de bois lisse et ciré ; il y a même un broc d'eau. C'est le grand luxe ! Chez nous, c'est beaucoup plus rustique !

— J'ai aussi vu qu'un petit rigodon passe juste derrière chez vous !

— Oui ! Ça alimente les viviers de poissons. Il faut parfois curer notre zone d'arrivée d'eau pour être sûr d'en avoir toujours un niveau suffisant. Il y a même un lavoir pour les lessives de ma mère et de ma tante.

— Vous avez également un poulailler en dur, avec des poules, des lapins… Ainsi qu'une volière pour pigeons ! Ça plairait à ma petite sœur !

— Je connais autre chose qui lui plairait : c'est la façon de fabriquer les pains de glace dont mon père a besoin pour conserver ses poissons.

— Tu peux m'en faire une description ?

Pour Eugénie, Jeannot est une encyclopédie. Elle pourrait l'écouter pendant des heures.

— Eh bien ! Imagine des chaînes avec des crochets au bout desquels pendent des coffrages rectangulaires ouverts à un bout. On les plonge dans de l'eau, pendant un certain temps. Puis on remonte les blocs, qui basculent ensuite sur une pente glissante. L'inclinaison fait tomber le bloc de glace qui s'est formé jusqu'à un rebord situé plus bas. Là, un ouvrier harponne le morceau, et le met dans un camion. Tous ces blocs de glace sont ensuite acheminés vers les locaux qui en ont besoin. C'est le cas de l'endroit où mon père entrepose son poisson.

— Je pourrais aller voir ça un jour ?

— Je demanderai à l'ami de mon père qui est glacier. Et si tu veux, je pourrai aussi t'emmener voir la gravière de mes oncles, quand tu reviendras ! Bon ! Il faudrait peut-être qu'on se mette en route ! Mais j'y pense ! Je pourrais aussi t'emmener ramasser des merises ! Quand c'est la saison, on s'en gave avec Gilbert ! Bon ! Ça fait des projets ! Mais là, il faut vraiment y aller.

Eugénie se dit que Jeannot est le plus gentil et le plus savant des garçons qu'elle connaisse !

Les voilà partis dans les champs situés à quelques kilomètres de la maison. Jeannot a prêté l'ancien vélo de sa sœur à sa jeune camarade.

Il a pris un vieux sac à blé, et indique à la fillette la végétation qu'il faut couper : pissenlits, feuilles de saule, liserons, queues-de-renard... Il lui raconte qu'une dame lui a montré comment soigner l'impétigo avec des fleurs de lys macérées, que l'on applique sur les lésions. Il sait ce qui est comestible, connaît très bien les différentes essences.

— Il faut surtout se méfier de ne pas prendre de mouron. Ça risque de faire mourir les lapins !

Eugénie est admirative. Lui sent qu'il la captive, et ce n'est pas pour lui déplaire.

— Tu sais ce qu'il m'est arrivé dernièrement ? J'avais été sot en classe, avec Gilbert. On avait sans doute été pris en train de rigoler au sujet d'une blague entendue ! Alors, le maître nous a retenus après la classe. Quand il nous a laissés partir, on a aperçu le car. On n'avait pas envie de marcher, car il y avait encore à faire des kilomètres pour rentrer jusqu'à la maison ! C'qui fait qu'on a couru. Gilbert s'est mis sur la plate-forme d'entrée arrière, et, moi, je me suis agrippé à l'échelle qui permet de hisser les bagages sur le sommet du véhicule. Sauf que j'avais oublié que le car ne s'arrêtait pas devant la maison. Alors on a sauté ! Résultats : une foulure de la cheville pour Gilbert, et moi, j'ai ruiné un pantalon de golf tout neuf acheté par ma tante la veille. Elle m'avait bien recommandé de ne pas le tacher ! Il était souillé, et déchiré ! Je peux t'assurer que je me suis fait sacrément engueuler !

— Ça n'arrive qu'aux garçons, des choses comme ça !

Quand l'heure de rentrer approche, ils se quittent en se promettant de se revoir.

— Si tu veux, un jour, à la belle saison, on t'emmènera avec Gilbert trouver les *chafous* ou les *moutels* !

— Qu'est-ce que c'est ?

— Des petits poissons réfugiés sous les pierres. On y va pieds nus, à trousse-culottes, dans le courant des gués. On soulève les galets, on les prend, et on les relâche assez vite. Pour ne pas les faire mourir. Tu pourrais aussi nous accompagner pour y puiser des roseaux qui servent à mon père pour y étaler le poisson qu'il vend sur le marché. Je rapporte aussi du cresson, des iris d'eau, des asperges sauvages, des mûres à cueillir sur les haies… On te montrera aussi comment on fait des ricochets sur l'eau avec des pierres bien plates ! Avec Gilbert, on fait le concours de celui qui l'enverra le plus loin !

— Ça me dirait bien ! Il faudra que je demande à mes parents. Bon ! Je crois que ma tante m'attend. J'ai reconnu sa voix.

Ils se font la bise. Jeannot aime bien l'odeur de muguet d'Eugénie.

— Alors, tu préfères la compagnie des filles, maintenant ! lui dit Gilbert.

Il a aperçu Eugénie au moment où lui-même arrivait.

— Mais elle n'a que 10 ans ! lui répond Jeannot.

— Qui sait ? Elle va grandir ! Peut-être qu'un jour tu en pinceras pour elle ?

— Mais qu'est-ce que tu racontes ? Allez, viens ! On va faire une partie de dames !

— D'accord ! Mais parfois, ça me lasse ! T'aimerais pas, plus tard, trouver d'autres distractions que les jeux de société ? Moi, j'aimerais bien un jour faire comme mon cousin Baptiste. Avec son meilleur copain, ils se rendent en ville à vélo, les garent dans un endroit convenu et protégé, et descendent la grand-rue, puis la remontent cinq six fois dans l'après-midi, tout en blaguant, en regardant les filles, les vitrines. Ils s'arrêtent tous les deux au Pathéphone pour écouter de la musique, ou décident de boire un café, faire une partie de flipper... Baptiste m'a montré le chapeau qu'il s'est acheté, parce qu'il trouve que ça lui donne de l'allure. On pourrait s'en acheter un, nous aussi !

— Tout ça, c'est bien. Mais on n'a pas encore l'âge. Et je ne pense pas que ma mère me laisserait aller en ville comme ça, avec les Boches, la police française et tout ce qu'on raconte...

— Qu'est-ce qu'on raconte ?

— Qu'ils peuvent t'embarquer sur n'importe quel prétexte.

— T'as raison ! D'ailleurs, mon cousin m'a dit qu'un soir, comme il fait plus vieux que son âge, et que sa mère lui avait confectionné un grand pardessus très ample, dans une couverture bleue, il a failli se faire arrêter par des gardes mobiles de la gendarmerie parce qu'on croyait qu'il cachait quelque chose sous son vêtement. Il a été fouillé, et ça l'a fait rire. Il a expliqué qu'il était encore jeune, mais les GMR[18] lui ont dit que, la veille, ils avaient arrêté un garçon du même âge, qui avait commis des actes terroristes, et qu'il avait de la chance de s'en tirer comme ça !

— En tout cas, les Boches sont venus nous chercher la semaine dernière à l'école, pour qu'on les aide à attraper les doryphores qui viennent sur les pommes de terre ! Il faut qu'on soit à leur service !

— Bon ! On la fait, cette partie de dames ?

— Je sens que je vais encore te mettre la pâtée.

— C'est ce qu'on verra !

***

Après le départ de Gilbert, Jeannot est allé voir son chien, recroquevillé sur lui-même. Tango ne respirait plus. Jeannot l'a pleuré longtemps, avant de l'enrouler dans une couverture et de l'enterrer derrière le poulailler. Il a déposé des fleurs à l'endroit choisi : trois fleurs sauvages, une pour lui, une pour Gilbert et une dernière pour Eugénie.

---

[18] Groupes mobiles de réserve : force de maintien de l'ordre créée par le gouvernement de Vichy.

– 15 –

Le temps semble long à Eugénie.

Elle est sagement assise à son pupitre, sans sa petite camarade Anna à celui d'à côté. Elle a cherché à savoir pourquoi elle ne venait plus à l'école, mais personne n'a été capable de lui fournir une réponse. Elle l'a guettée plusieurs jours de suite. Puis, les autres élèves et leurs jeux l'ont aidée à reprendre le cours presque normal de son existence enfantine.

Elle a interrogé son père.

— Dis, papa ! Personne n'a pu me dire pourquoi Anna n'était plus à l'école.

— Tu veux parler d'Anna Brunner ?

— Oui ! Même la maîtresse n'a pas su me répondre.

— Elle a peut-être déménagé ?

— Mais elle m'en aurait parlé ! C'est ma meilleure amie ! On ne s'est pas dit au revoir, et j'aurais voulu lui faire un cadeau d'adieu !

— Alors c'est qu'elle est malade.

— Mais, si elle était malade, on m'aurait demandé d'aller la voir pour lui porter ses devoirs !

Julien n'a plus d'arguments. Il va être obligé de mentir. Il ne se sent pas le courage de lui expliquer qu'Anna est juive et que son pays ne veut plus d'elle. Il lui faudrait définir le mot juif, parler du nouveau gouvernement…

— Je pense qu'elle a dû partir de manière urgente, sans prévenir personne, même pas ton institutrice. Tu auras peut-être des nouvelles plus tard.

— J'espère qu'elle m'écrira. Elle me manque.

— Alors, tâche d'être sage pour deux. Et de ne jamais l'oublier !

– 16 –

On a dû s'infliger le discours du maréchal Pétain pour la fête des Mères. Eugénie et Laurette m'ont offert leurs dessins réalisés pour l'occasion, et lu leurs compliments.

Mais cela est gâché par les paroles du chef de la nation, que je ne parviens à reconnaître en tant que tel.

« Mères de France, entendez ce long cri d'amour qui monte vers vous.

Mères de nos tués, mères de nos prisonniers, mères de nos cités qui donneriez votre vie pour arracher vos enfants à la faim, mères de nos campagnes, qui, seules à la ferme, faites germer les moissons, mères glorieuses, mères angoissées, je vous exprime aujourd'hui toute la reconnaissance de la France. »

Est-ce qu'il se soucie des mères et des enfants envoyés dans des camps de détention ?

La présence des Allemands, leurs lois, leurs actions… rendent l'air irrespirable pour beaucoup. Et pourtant, chacun vaque à ses occupations comme si l'oxygène était le même pour tous.

Mais la plupart des gens ne rêvent que d'une chose : voir se soulever le couvercle qui a été posé sur eux pour les étouffer à petit feu. L'oppression est ressentie en permanence.

Eugénie et Laurette sont de nouveau à la campagne pour les vacances estivales, heureuses à l'idée de pouvoir prendre soin d'Agathe.

Une lettre parvient à Léonie de la part d'une tante paternelle logeant à Paris. Elle mentionne la rafle du Vél' d'Hiv des 16 et 17 juillet.

Léonie tempête :

— Mais que vont-ils faire de tous ces gens ? On dit qu'ils vont être envoyés dans des camps ! Comment peut-on laisser faire ça ? Et c'est la police française qui a procédé aux arrestations ! Tu te rends compte ! Parquer tous ces gens dans des conditions d'hygiène déplorables ! Pour en faire quoi ? Hein ! Qu'est-ce qu'ils vont devenir ? Quand je pense que c'est notre police qui s'en est chargée ! Ça m'écœure ! Honte à elle ! Et dire que tu en fais partie !

— Je t'en prie ! Ne me rends pas responsable de toutes les atrocités de ce conflit ! Et il n'y a pas que des pourris dans la profession ! J'ai su que des collègues parisiens avaient réussi à avertir certaines familles. Dis-toi aussi qu'il est facile de juger quand on ne risque pas d'être arrêté pour insubordination ! s'insurge Julien.

Mais cela ne parvient pas à la consoler et apaiser sa colère.

Elle songe à la petite Anna et est soudain rassurée de savoir ses enfants reparties chez son oncle Théophile pour l'été.

Mais alors ! Pour vivre sous l'occupant, il faut ne rien voir, ne rien entendre, et ne rien dire ? Continuer son chemin en étant égoïste ?

Léonie se sent mal à l'aise, et en colère contre elle-même. Tout comme beaucoup de gens autour d'elle, elle va faire semblant. Mais combien de temps va-t-elle réussir à prétendre que tout est normal ?

Julien dit un jour à Léonie :

— Sais-tu que Michaud m'a proposé de me rendre avec lui à l'exposition qui se tient à Paris en ce moment ?

— Laquelle ? Et comment comptez-vous vous y rendre ?

— Mais je n'ai aucune intention d'y aller ! Pour lui donner le sentiment que j'approuve sa lutte contre les communistes ! Car il s'agit d'une propagande allemande qui veut montrer aux Français le vrai visage du communisme, avec des hommes qui ont en fait un couteau entre les dents !

— Mais si tu refuses de te joindre à lui, il va tout de suite en déduire que tu es l'un des leurs !

— Il pense ce qu'il veut ! J'en ai rien à foutre ! J'ai dit que tu avais besoin de moi pour prendre la relève au sujet des filles.

— Il va tout de suite penser que je ne suis pas une femme intéressante, puisque je ne suis pas une mère au foyer !

Ils devraient rire de tout ça. En temps normal.

Mais ils vivent à une époque qui ne l'est pas : leurs codes de conduite leur sont dictés.

***

Leurs deux filles sont de nouveau conviées tout l'été pour faire comme leur mère autrefois : nourrir les animaux, conduire les vaches au pré, fleurir l'autel de l'église, participer à la moisson, au cours de laquelle tout le monde va s'affairer autour de la moissonneuse-lieuse, pour déposer les gerbes sur une charrette… Une enfance préservée, contrairement à celle d'autres enfants du même âge, pour qui l'avenir n'est que souffrance. Elles ont leurs grands cousins Paul et Étienne, et leur cousine Chantal, ainsi que les deux fils de Lucie, Jules et Victor pour former une joyeuse bande. À les voir jouer de cette façon, on croirait presque que les soucis du quotidien ne sont réservés qu'à certains.

Mais alors, pourquoi ce regard de lassitude qu'elle a surpris chez son oncle, tandis qu'il revient d'une discussion avec des hommes en vert comme ceux de l'exode ? se demande Eugénie. Paul, quant à lui, a juré tout bas. Mais elle a bien entendu ses mots : *« Bande de salauds ! »*

***

La classe a repris depuis quelques semaines.

Léonie entend la voix claire de son aînée de retour d'école. Laurette suit sa sœur comme son ombre. Une famille du voisinage a été arrêtée. Léonie se dirige vers ses filles et les serre contre elle bien plus fort que d'habitude.

— Maman, la maîtresse nous fait répéter la chanson du Maréchal ! Écoute : *Maréchal, nous voilà, devant toi, le sauveur de la France…*

— C'est bien, ma chérie. Mais tu as sans doute du travail à faire. Alors, il faut t'y mettre.

Léonie se dit qu'au début, les gens chantaient ça sans déplaisir, pensant Pétain assez roublard pour duper les Allemands. Mais sont venus le temps de la collaboration officielle, et celui de la persécution des juifs…

Julien est parti très tôt à vélo pour aller chercher des victuailles auprès de ses cousins par alliance. Il n'a pas d'autre moyen de transport, il y a pénurie d'essence ; donc il faut soit utiliser ses jambes, soit se déplacer à bicyclette.

Il pourra remplir sa remorque de beurre, œufs, fromage, saucisses… des denrées qu'ils feront durer jusqu'à sa prochaine visite mensuelle. Théophile se débrouille pour s'assurer que sa nièce et sa famille mangent à leur faim. Même si, pour les agriculteurs comme lui, les exigences des Allemands les amènent à revoir leurs provisions à la baisse, il pense qu'ils s'en sortent quand même mieux que les gens de la ville. Sans faire de marché noir, il parvient à dissimuler certaines quantités des produits récoltés pour apprivisionner les siens et ceux qui ont besoin d'être aidés.

Aujourd'hui, Julien rapporte deux petits lapins qu'il élèvera dans la buanderie du jardin, derrière la maison, ainsi qu'un très gros sac d'herbe pour les nourrir.

Léonie n'est pas d'astreinte au bureau de poste. L'épicier du coin a avisé une voisine de l'arrivée prochaine de pommes de terre et lui a aussi annoncé que de la viande de chevreau allait être vendue sans ticket. Le bouche-à-oreille va très vite. Quand Léonie parvient à la boutique, la file d'attente est déjà longue.

— Il y a longtemps que vous êtes là ? demande-t-elle à une femme munie d'un large cabas.

— Ça fait déjà une heure ! Mais avec le petit dernier que je ne pouvais pas laisser avant que mon mari soit rentré du travail, je n'ai pas pu venir plus tôt ! Ça va être encore des topinambours ou du rutabaga ! Vous avez pu trouver de la viande, hier ?

— Non ! Y a pas mal de boucheries fermées ! Il faut faire des kilomètres pour en avoir !

***

« Octobre 1942 : Julien fait vraiment de son mieux pour nous rapporter de quoi adoucir nos repas quotidiens. Notre jardin n'est pas assez grand pour subvenir à tous nos besoins. Mais enfin, un petit potager, ça n'est quand même pas si mal ! On y a mis des poireaux et des navets. Je plains ceux qui vivent en immeuble ! On a en plus de la chance d'avoir de la famille à la campagne ! Il y a des jours où je me dis que si j'étais restée là-bas, la question de la nourriture ne se poserait pas ! Je me souviens d'un garçon qui

me tournait autour. Si j'avais épousé Georges Belfour, je serais devenue femme d'agriculteur. Et l'existence serait peut-être plus douce ! »

Puis Julien revient dans ses pensées : c'est lui qu'elle a choisi. Personne d'autre.

⁂

Seule dans la salle à manger, elle songe à l'amie de son village natal. Elle met la radio. Elle sait que Lucie lui avait confié vouloir faire résonner sur les ondes une chanson dédiée à son mari détenu loin d'elle, comme le font beaucoup d'épouses de prisonniers, pour leur montrer qu'elles ne les oublient pas. Soudain s'élève la voix de Rina Ketty. L'émotion ressentie à mesure que la mélodie progresse l'unit à son amie dans le silence et l'obscurité naissante de l'extérieur.

« J'attendrai
Le jour et la nuit,
J'attendrai toujours
Ton retour... »[19]

[19] *J'attendrai*, chanson de Rina Ketty, Pathé, 1938.

– 17 –

La famille fête son troisième Noël sous l'Occupation. Il faut continuer à prétendre que tout se déroule de façon habituelle pour rassurer les enfants. Mais comme cela est difficile, quand tout manque, que l'impression d'étouffer s'empare de vous ! Et dire que le héros de Verdun avait déclaré faire don de sa personne pour atténuer le malheur de la France !

Quelques mois passent. L'hiver a été doux. Arrive le printemps. Les températures sont déjà hautes en avril, et, tandis que l'on profite d'une chaleur presque estivale, le ghetto de Varsovie se soulève. Comme si la souffrance infligée et la mort qui en découlait n'étaient que des événements d'une grande banalité.

Il faut vivre dans l'ignorance de l'intolérable. L'occulter de son esprit, et continuer à agir dans une insouciance totalement feinte.

Mai 1943.

Nouvelle fête des Mères.

« Vous seules, savez donner à tous ce goût du travail, ce sens de la discipline, de la modestie, du respect qui font les hommes sains et les peuples forts. Vous êtes les inspiratrices de notre civilisation chrétienne. »

Il y en a vraiment assez de son hymne à la natalité ! Cette façon qu'il a de mettre les mères sur un piédestal, de les considérer comme le pilier de la famille ! Il nous ordonne quasiment de repeupler le pays ! Il encourage le retour au foyer pour celles dont les maris gagnent de quoi subvenir aux besoins du ménage ! Alors, j'ai eu de la chance de ne pas être licenciée comme bon nombre de collègues sommées de quitter leurs postes dans la fonction publique !

J'admets que prêter attention au travail accompli par les femmes au foyer est nécessaire. Décerner une médaille aux mères de familles nombreuses est peut-être une façon de mettre en lumière celles qui vivent le reste du temps dans l'ombre. Elles se sentent soudain reconnues. J'imagine fort bien leur fierté d'être mises à l'honneur. Mais il faudrait que leur labeur soit apprécié en permanence.

Et on a bien besoin de toutes celles qui sont employées quotidiennement dans les usines, les bureaux, les campagnes..., aussi méritantes que celles qui restent à la maison ! Le pays ne s'en sortirait pas s'il n'y avait pas toute cette cohorte d'ouvrières, de secrétaires, d'agricultrices... pour remplacer les prisonniers !

De nos jours, toutes les femmes doivent faire bouillir la marmite, lutter pour trouver de la nourriture, faire sans cesse preuve de débrouillardise. En opposant, de plus, les femmes célibataires aux mères de famille, Pétain nie l'émancipation féminine !

Vraiment ! Je suis révoltée d'entendre les discours de celui qui a cédé le pays à l'Allemagne !

Aussi, quand les deux fillettes embrassent Léonie pour lui souhaiter sa fête, celle-ci doit prendre sur elle pour ne pas s'emporter. *Elles n'y sont pour rien !*

L'assujettissement aux Allemands n'empêche pas les mariages. Aujourd'hui, ce sont les noces de Monique, tante maternelle de Jeannot, avec Gaston, vendeur de cycles en centre-ville. Gilbert et sa famille ont été bien sûr invités. De gros efforts ont été faits pour offrir un repas festif aux convives : radis beurre, canard rôti accompagné de petits pois à la française, salade de saison, fromage, gâteau mousseline, petits fours, café suivi de liqueurs. Sans oublier les vins : Côtes-Du-Rhône et Saint-Émilion. Il y aura également le souper avec, entre autres, un poulet sauce blanche, une crème pralinée.

Les problèmes de nourriture ne se posent pas dans la famille de Jeannot : ils ont un potager, et beaucoup d'échanges s'effectuent entre commerçants.

Ce qui frappe les esprits, c'est la présence de petits pains blancs individuels. Ils rappellent l'époque d'antant. Car, au quotidien, il faut consommer, quand cela est possible, un pain plus noir, dû à la farine de mauvaise qualité et une quantité d'eau plus importante. Alors, on le fait durer, quitte à s'en passer pour le manger le lendemain.

Et tandis que les gens sont attablés, un duel aérien se déroule ailleurs, au-dessus de la région. On devine les bruits lointains de la bataille. Mais les festivités de la noce font oublier un instant le mitraillage, les occupants allemands, leurs restrictions. Surtout lorsque la voix de l'un des convives les entraîne pour chanter sur l'air du *Petit vin blanc*[20]. Puis d'autres se mettent à entonner des extraits du *Pays du Sourire*[21], de la *Veuve Joyeuse*[22]…

« Je t'ai donné mon cœur, Tu tiens en toi tout mon bonheur… »

Étrange paradoxe de la vie qui se fête tandis que la mort rôde au-dessus des têtes.

L'heure du couvre-feu les ramène, plus tard dans la soirée, à la réalité.

***

Jeannot est couché. Il repense aux combats qui ont eu lieu dans le ciel quelques heures auparavant, et dont on devinait les bruits lointains. Les mots guerre, occupant, ennemi, juif, communiste… se bousculent dans sa tête. Il se souvient d'un épisode scolaire du passé, au cours duquel il avait entendu parler des camps allemands d'emprisonnement : ceux dans lesquels les opposants au national-socialisme étaient internés. Un normalien, venu remplacer le maître, leur avait montré et lu le contenu d'un livre blanc, qui n'était autre qu'un manifeste de résistants allemands.

Il se demande si le fait de peindre des symboles nazis sur le flanc des porcs, ou de dessiner des croix de Lorraine comme certains le font, pourrait vous envoyer dans un de ces camps.

Il songe aussi à la visite d'Eugénie, et à la proposition qu'elle lui a faite de venir avec elle rencontrer les cousins de la campagne où elle séjourne l'été. Il se dit qu'il faudra qu'il aille y faire un tour, pour faire la connaissance de tous ces gens dont elle lui parle tant.

---

[20] Jean Dréjac, 1943.
[21] Frantz Lehar, 1923.
[22] Frantz Lehar, 1905.

– 18 –

Toute la famille est au complet pour le repas du soir, ce que les fillettes apprécient, car il manque souvent l'un des deux parents, obligé de s'absenter pour le travail.

Julien est donc présent auprès des siens. Mais il ne semble pas prêter attention aux histoires de ses filles, aux anecdotes de travail de son épouse. Et ses quelques réponses sont soit évasives, soit monosyllabiques.

— Mais que se passe-t-il ? Je te trouve pensif. Tu es blême.

Julien reste muet. Il n'a rien mangé.

Léonie est inquiète.

— Qu'est-ce qu'il a, papa ? demande Eugénie.

— Il est sans doute fatigué. Il a besoin de se reposer. Allez jouer un moment, je vous appellerai pour finir le repas.

Elle se rapproche de Julien.

— Mais qu'y a-t-il ?

— Si tu savais, Léonie…

— Mais dis-moi !

— Tu ne peux pas imaginer ce qui vient de se passer dans les bureaux de la Kommandantur.

— Mais qu'est-ce que tu faisais là-bas ?

— On avait arrêté un voleur de vélo. Refus de s'arrêter malgré l'ordre donné ! Michaud a décidé qu'il fallait le remettre à la Gestapo. J'ai voulu le convaincre du contraire, mais rien à faire ! Il m'a dit : *pour qu'il vole un vélo, c'est qu'il a des choses à se reprocher !* Je lui ai dit que les vélos étaient des objets précieux pour se rendre au travail, afin de rapporter les sous nécessaires pour se nourrir ! Que c'était la disette, que les gens manquaient de tout. J'ai essayé tous les arguments possibles pour le convaincre. Michaud n'a rien voulu entendre. Alors, l'homme a été emmené là-bas. J'ai eu ordre d'assister à son interrogatoire. En le fouillant, on a malheureusement trouvé des tracts antinazis sur lui. Il n'y a pas de mots pour décrire ce à quoi j'ai assisté !

Il se prend la tête entre les mains.

— Je me dégoûte, Léonie. Si tu savais comme je me dégoûte ! Je ne vais rien pouvoir avaler, je suis désolé.

Son visage est livide. Il se lève, et monte à leur chambre située au premier étage. Il voudrait pouvoir s'endormir pour oublier. Mais son sommeil risque d'être peuplé de cauchemars. Il ne parviendra pas à débarrasser sa mémoire des ordres hurlés, des plaintes et des cris de douleur, du regard de terreur du jeune homme de 20 ans, de sa face tuméfiée et ensanglantée.

Léonie l'a suivi :

— Il avait les mains attachées au dos de la chaise. La Gestapo s'est déchaînée sur lui à coups de bâton, gifles à répétition, coups de poing dans le ventre et au visage… Si tu savais comme ils se sont acharnés pour avoir les noms des membres du réseau qui avaient rédigé les tracts trouvés sur lui ! Il a tenu longtemps sous la torture. J'avais remarqué ses yeux bleus à son entrée dans la pièce. À la fin, son visage avait reçu tellement de coups que l'on ne distinguait plus rien de ses traits. Mais je sentais son regard, j'avais le sentiment qu'il attendait quelque chose de moi. Pourtant je n'ai rien dit, je n'ai absolument rien tenté pendant qu'on le torturait. Ses cris de douleur sont inscrits dans ma chair !

— Mais qu'est-ce que tu pouvais faire avec les gestapistes dans les environs ? lui dit Léonie, assise sur le rebord du lit, à ses côtés. Rien ! Tu étais impuissant ! Si tu avais essayé quoi que ce soit, ils te seraient tombés dessus !

— Je sais. Mais je ne peux pas m'empêcher de me sentir coupable. Il a fini par donner des noms. J'ai cru entendre celui de Georges Belfour. Ça n'était pas comme ça que s'appelait celui qui était amoureux de toi autrefois, et que tu n'as pas voulu épouser ?

Léonie demeure silencieuse.

Georges Belfour ! Il revenait dans ses pensées pour la deuxième fois.

– 19 –

Georges, âgé de 17 ans, s'était intéressé à elle quand elle avait 16 ans. Elle l'aimait bien, mais sans plus. Elle sait, par Lucie, qu'il est resté célibataire. Il a vraiment aimé Léonie à l'époque. Le départ de celle-ci du village lui avait fait mal. Il avait bâti des plans au sujet d'une future union avec la jeune fille. Il y avait la mise en commun de leurs terres, bien sûr. Mais pas uniquement. Il appréciait sa nature rebelle, la façon dont elle tenait tête à tous ceux qui se mettaient en travers de son chemin. Elle allait lui donner de la force, de l'audace. Mais voilà : Léonie le trouvait quelconque, et l'appel des lumières de la ville l'avait emporté.

⁂

Le jeune homme met du temps à surmonter sa déception. Il travaille aux côtés de ses parents, et reprend l'exploitation à leur décès.

Son père est revenu gazé des tranchées, et ne s'est jamais remis de ces années passées dans la boue, la puanteur, en tremblant de peur et guettant la mort à chaque instant…

« Soldats couchés dans des trous d'obus, occupés à attendre la mort, puanteur des cadavres recouverts puis exhumés, relents de putréfaction mêlés à ceux de gaz et poussière, mouches et rats sur des corps en décomposition dans les tranchées, bruits des canons, villages déserts et convois de chevaux blessés, sifflement des balles, lance-flammes des soldats ennemis, obus percutants qui explosent en touchant le sol, cris des blessés..., routes éventrées, chemins cabossés, boue engendrée par les pluies diluviennes qui transforment les hommes en statues argileuses, recouvrent les chevaux morts, les véhicules abandonnés..., maisons détruites, civils massacrés, perte d'espoir de voir la guerre se terminer un jour... »[23]

---

[23] *Terres pouilleuses.*

Les degrés de l'horreur atteints l'ont plongé dans un mutisme quasi permanent. Il parvient à se faire comprendre par gestes. Son épouse veille sur lui, allant au-devant de ses besoins.

Mais cela a développé chez Georges une telle haine des Allemands que, lorsque le conflit éclate, il veut immédiatement s'engager. Il vient d'avoir 27 ans. Un problème d'asthme l'empêche de partir sur le front.

Il lui est impossible de passer sous le joug allemand sans rien faire. Aussi, quand la résistance se met en place, dès l'armistice signé, il choisit son camp et commence par cacher des prisonniers de guerre évadés, puis des réfractaires au STO, pour lesquels être obligé de travailler pour l'ennemi est inconcevable. Il cache également des juifs… Sa ferme est isolée et donne l'impression d'être un refuge plus sûr que d'autres bâtisses de campagne.

Mais cela ne lui suffit pas. Il rejoint les communistes, veut appartenir à une cellule, distribuer des tracts, en coller, acheminer du courrier, transporter du matériel, participer au sabotage des infrastructures allemandes… Jusqu'à son arrestation.

Julien a essayé de le prévenir, mais trop tard. La Gestapo est intervenue au moment où Georges était en train de détruire dans sa ferme les tracts stockés. Les autres membres du réseau ont eu le temps de se volatiliser dans la nature.

Après son arrestation, tortures et cachot se succèdent pendant plusieurs jours à l'hôpital transformé en prison. Georges réussit à taire le lieu où les membres du réseau doivent se réfugier au cas où les choses se gâteraient.

Il avait conscience, en s'engageant, qu'il risquait un jour d'être attrapé et d'en mourir. Mais il s'était dit qu'il aurait été au moins libre de choisir sa destinée et qu'il ne manquerait à personne. Ne plus pouvoir humer l'odeur de ses champs, ne plus sentir la caresse ou la rigueur des saisons serait son seul regret.

Il savait son chien et ses bêtes en lieu sûr chez Théophile. Il avait noué peu d'échanges avec l'oncle de Léonie. Mais ils s'étaient compris sans rien dire, le jour où Georges était allé le trouver pour lui signifier qu'il partait et qu'il lui cédait sa modeste exploitation.

Il avait laissé des papiers dans ce sens. Il était sûr qu'il s'occuperait bien de ses bêtes.

Ils s'étaient donné l'accolade. Au fond, cela le rattacherait à la jeune fille qu'il avait aimée.

***

Georges sera mené inconscient au poteau où sa vie s'arrêtera.

– 20 –

« Un communiste de moins ! déclare Michaud.

— Tu sembles t'en réjouir !

— Pas toi, Julien ? C'est pourtant une sacrée bande de destructeurs de l'ordre établi. Et nous sommes chargés de maintenir cet ordre ! Pas vrai ? N'oublie pas que c'est le boulot de la police ! »

Julien se contente d'opiner du chef.

Michaud est heureux. Il observe Julien en permanence. Sans se faire voir. Il n'aime pas ce collègue de travail qui, encouragé par son supérieur, va préparer son concours pour devenir commissaire. Il a appris que Julien était décidé à prendre des cours du soir. Pourquoi Drouer n'a-t-il pas fait la même chose à son égard ? Qu'est-ce que Julien a de mieux que lui ?

De toute façon, être soutenu par un type qui défend les youpins n'a rien de glorieux !

Ah, ça ! Il l'aime, son métier du moment.

Pétain a bien raison d'aider les Allemands à nettoyer le pays de toute cette vermine !

Depuis quelque temps, il a un sentiment bizarre vis-à-vis de Julien. *Toi, mon lascar, tu n'es pas un vrai patriote ! Et je vais finir par prouver que tu n'obéis pas toujours aux ordres du gouvernement !*

Norbert Michaud, aussi rougeaud que Julien est pâle de visage, est un homme de petite taille. Il a 35 ans, mais sa bedaine, surprenante au vu des restrictions alimentaires du moment, ajoutée à sa calvitie naissante, le fait paraître plus âgé.

Il n'aime pas Julien, mais il déteste également le commissaire Drouer. Il le soupçonne de traîner des pieds lorsqu'il lui faut respecter les décisions de Vichy, notamment quand il doit mettre en application les lois anti-juives.

Julien le saurait et partagerait les idées de son chef qu'il n'en serait pas surpris. Ils auraient bien tort de le sous-estimer, lui, Norbert Michaud.

Il se sent regonflé par ces pensées, et la certitude d'agir pour le bien de son pays. Bien décidé à continuer de surveiller tout ça de plus près.

– 21 –

La journée a été perturbante. Léonie est enfin de retour chez elle. Sa maison n'est pas située très loin d'une usine de bonneterie. D'ailleurs la sirène de midi se fait entendre tous les midis pour indiquer l'heure de la pause repas. Son vélo rangé derrière la demeure, elle gravit les marches cimentées à la hâte, ouvre la porte les mains tremblantes, et se tient debout contre un des murs du vestibule d'entrée. Non ! Ça n'est pas possible ! Ça ne pouvait pas être Annabelle au bras d'un officier de la Wehrmacht ! Et pourtant, leurs regards se sont croisés. Il y a eu un moment fugace de reconnaissance, mais Léonie a baissé les yeux tandis que celle qu'elle pensait avoir identifiée détournait les siens.

Cette vision ne l'a pas quittée de toute la journée.

Annabelle lui avait ouvert le chemin de l'émancipation féminine qui avait suivi la Première Guerre. Léonie, âgée de 16 ans à l'époque, buvait ses paroles :

« Maman m'a aussi dit que les femmes ont été encouragées à mettre des enfants au monde pour repeupler le pays ! Que certains membres du gouvernement voient en la mère de famille au foyer la travailleuse la plus méritante qui soit ! Ils l'opposent à celle qui est mariée et n'a pas d'enfant. En exerçant un métier, elle mettrait les hommes au chômage ! Tu entends ça ? Quel scandale ! Que des balivernes ! »[24]

C'était Annabelle, elle en est sûre. Léonie a eu le temps d'apercevoir autour de son cou, la chaîne en or dont elle ne se séparait jamais.

— Elle était très élégante, coiffée d'un magnifique turban noir. Son Allemand n'avait d'yeux que pour elle ! dit-elle à Julien au moment du coucher.

— Elle m'a tout l'air d'être une belle collabo !!

---

[24] *Terres pouilleuses.*

Annabelle. Prête à accepter la présence des envahisseurs jusque dans son lit ! Mais que se passe-t-il dans sa tête pour qu'elle en arrive là ? Il faut qu'elle se rende compte que, lorsque les Allemands partiront, parce qu'ils partiront un jour, personne ne l'épargnera ! Surtout pas les hommes qui ont dû endurer l'humiliation de la défaite et qui se sentent doublement rabaissés de voir les Françaises dans la couche de l'ennemi.

Léonie ne parvient pas à trouver le sommeil. Elle veut bien comprendre que l'amour puisse naître entre une Française et un simple soldat que l'on a l'habitude de voir près de chez soi. Elle se souvient de ce qu'on lui a raconté au sujet de la liaison entre une fille du village, Marie, et un prisonnier allemand, Gunther, qui travaillait dans sa ferme, *un îlot de douceur dans un monde où la barbarie anime les hommes.*[25]

Mais il s'agit là d'un officier de la Wehrmacht, sans doute en relation avec des SS ! Est-ce que son ancienne amie a conscience de ce que les SS accomplissent ? Annabelle parade auprès d'un envahisseur, tandis que Lucie pleure l'absence de son mari prisonnier ! C'est insupportable.

Elle voudrait pouvoir détester Annabelle. Mais elle ne le peut pas. Elle en éprouve presque de la culpabilité.

[25] *Terres pouilleuses.*

– 22 –

Il y a des jours où Léonie s'éveille en ayant le sentiment que sa vie ressemble à une plaine dont on ne distingue pas les contours tellement le brouillard englobe tout. Elle se sent prise entre la terre et le ciel, sans possibilité de s'échapper sur les côtés. Il y a des barrières partout. La liberté n'est plus qu'un mot du passé.

Léonie s'efforce de ne pas se laisser happer par la morosité ambiante, mais, aujourd'hui, elle ne parvient pas à se délester du poids de la tristesse. Et la chanson de Léo Marjane ne fait qu'augmenter son abattement. Un mélange d'angoisse et de nostalgie l'enveloppe depuis son lever.

« Triste sans raison
Je pense à vous
En écoutant sur la maison
Le refrain de la pluie
L'ombre aux alentours
À pas de loup
Étreint les heures tour à tour
Au refrain de la pluie
Viendrez-vous par ce temps ?
Cette pluie me fait peur
Et le doute à présent
Goutte à goutte s'infiltre en mon cœur. »[26]

Est-ce la coïncidence avec la pluie qui s'est mise à tomber, et vient de cesser ? La mort de sa mère lui revient à l'esprit.

Elles ont partagé si peu de choses ensemble ! Certaines images ressurgissent : les fois où, trop paresseuse pour marcher, elle était assise dans une brouette que sa mère poussait jusqu'au lavoir du village voisin, où l'attendaient des uniformes de soldats du front à nettoyer ; la photo prise

[26] *Le Refrain de la pluie*, 1941.

dans la cour de ferme, un jour de permission de son père ; les occasions où elle embrassait sa mère sur le pas-de-porte de la ferme de ses grands-parents paternels, avant de la voir partie à bord d'une charrette tirée par un cheval. Elle apprendra, plus tard, qu'elle rendait visite à sa propre mère internée dans un asile.

La guerre du moment l'entraîne dans celle d'avant.

Il lui faut sortir pour évacuer ces idées qui la replongent dans le passé. Elle ne prend son service qu'à partir de midi, aujourd'hui, mais elle ne peut pas rester dans sa maison à ressasser sans cesse. Elle se dirige à l'arrière pour aller chercher son vélo et s'aperçoit que la porte de la buanderie est ouverte. Elle la pousse doucement pour jeter un coup d'œil à l'intérieur. Les lapins ont bien sûr disparu !

– 23 –

Elle a eu beau regarder de tous les côtés, Léonie n'a pu que constater l'évasion des deux bêtes.

— On les a aidés à s'enfuir ! dit-elle le soir même, sur un ton qui se voudrait ironique.

Julien et Léonie sont couchés, et passent en revue les événements de la journée.

— Qu'est-ce que tu veux ? ajoute-t-elle. Quelqu'un du quartier a dû me voir arriver un soir avec mon chargement, m'a laissé leur donner de quoi grossir, pour s'en nourrir à son tour ! Les gens manquent de tout, alors quand l'occasion se présente, ils n'hésitent pas. C'est devenu le règne du chacun pour soi !

— Ça me fout vraiment en rogne !

— Dis-toi que Théophile m'en redonnera ! On a au moins cette chance d'avoir de vrais cousins à la campagne. Pas comme ceux qui s'en inventent pour justifier la présence d'aliments achetés au marché noir ! Mais comment peut-on en vouloir à ceux qui essaient de survivre ? Imagine : une femme seule, plusieurs enfants, son mari prisonnier…

— Tu as sans doute raison.

Elle reste silencieuse un instant. Puis se souvient d'un incident.

— Au fait ! En montant sur mon vélo, j'ai aperçu le fils du collabo de l'angle. Je peux t'assurer qu'il se pavane ! Avec ses guêtres et ses gros brodequins, sa cravate noire, son béret incliné sur le côté…

— Méfie-toi de lui, il est dangereux, comme tous ceux qui servent Darlan ! Je suis bien placé pour savoir que les miliciens commettent des atrocités. Ils sont le bras armé de la collaboration française.

— En tout cas, il m'a observée d'une drôle de façon ; à la fois moqueuse et meurtrière.

— Ne lui dis surtout rien ! Il pourrait t'embarquer rien que pour un regard qui ne lui plaît pas ! Si tu savais comme j'aimerais déserter de mon poste ! On dit que l'homme a toujours la possibilité de choisir, et je suis forcé d'opter pour l'obéissance à mes supérieurs. Si je ne me conforme pas aux ordres, on risque de s'en prendre à toi et aux filles. Alors je ferme ma gueule, mais prendre part à cette chasse aux juifs organisée me mine le moral. Tu te souviens de la famille Robeck ?

— Celle qui habite tout en bas de la rue dans un petit immeuble ?

— Elle a été emmenée tôt ce matin. Leur petit dernier n'a que 2 ans ! Elle va partir pour un camp de transit, et sera ensuite envoyée en Allemagne.

— Mais alors, Anna ?

— Je n'ai pas de réponse, mais j'ai peu d'espoir. Toute sa famille a été arrêtée et emmenée.

— Mais ses parents sont installés ici depuis si longtemps ! Ils n'ont jamais fait de mal à personne ! Tout ça parce qu'ils sont juifs ? Mais comment est-ce possible ? Pourquoi est-ce qu'on tolère ça ? Julien ! Imagine ! Si nous étions juifs, nous…

Léonie est incapable de finir sa phrase. Elle se couvre le visage des mains, et se met à sangloter. Son mari la prend dans ses bras.

— Il n'y a pas grand-chose contre la folie des hommes qui font régner la terreur, hélas ! Ils dominent grâce à la peur qu'ils inspirent. Et il faudra que d'autres hommes acceptent de prendre le risque de mourir en cherchant à les éliminer, pour que la peur disparaisse. Mais je ne me fais pas d'illusions. Ces dictateurs disparus seront remplacés par d'autres qui viendront à leur tour terroriser leurs semblables. Il en est ainsi depuis la nuit des temps.

— Julien ! Jure-moi que tu es différent des autres policiers ! Que tu ne participes pas aux arrestations, que…

— Mais, bon Dieu, Léonie ! dit-il en la repoussant violemment. Tu crois que c'est facile tous les jours ? J'évite de me poser trop de questions, autrement, c'est moi qu'on va arrêter ! Je fais ce que je peux ! Je n'ai que ce boulot pour rapporter de l'argent !

— Mais j'n'en veux pas de cet argent, si c'est sur le dos de pauvres gens qu'on…

— Fous-moi la paix, à la fin ! C'est facile de juger et de donner des conseils ! Tu travailles pour les Boches, toi aussi ! Tu les reçois au guichet, tu transmets leur courrier… Pourquoi est-ce que tu ne refuses pas de le faire ?

— Mais ce n'est pas comparable ! Je ne participe pas à des arrestations !

— Peut-être que, dans tes lettres, il y a des gens dénoncés sur le point d'être arrêtés !

— Mais…

— Ça suffit ! J'ai eu ma dose pour la journée !

Chacun prend conscience du climat que le conflit fait dorénavant régner au sein de leur couple. Léonie ne peut s'empêcher de douter de Julien, et Julien est constamment sur la défensive. Comme s'il cherchait à excuser ses actes en permanence. Oui. Excuser cette faiblesse de tempérament qui le retient de faire comme d'autres, prêts à entrer dans la clandestinité pour chasser l'occupant.

Mais je fais ce que je peux de l'intérieur ! Ça n'est sans doute pas assez, mais je ne me sens pas capable de faire plus ! Je n'ai pas l'étoffe d'un héros ! Certains ont le sens du sacrifice, moi pas !

Il se dit tout ça, tandis que Léonie essaie vainement de trouver le sommeil.

On dirait qu'elle dort. Oui, sa respiration est plus profonde.

Il fait tout pour s'en convaincre.

– 24 –

Une heure du matin. Les sirènes hurlent. Léonie, Julien et leurs deux fillettes se précipitent hors de la maison. Ils courent jusqu'à l'abri creusé dans le jardin du voisin d'en face. Plusieurs familles y ont déjà trouvé refuge.

Tous sont serrés les uns contre les autres tandis que les bruits de moteur des avions, ajoutés à ceux des bombes, terrorisent les plus jeunes, dont beaucoup pleurent d'avoir été réveillés brutalement dans leur sommeil pour affronter la tourmente de l'extérieur. Sifflements, tremblements du sol… Tous attendent le retour au calme. Certains prient, d'autres ferment les yeux tout en se bouchant les oreilles.

Puis c'est le silence. Rompu au bout d'un instant par le son d'une nouvelle sirène, leur permettant de remonter à la surface. Chacun guette avec anxiété l'état dans lequel il va retrouver sa demeure.

— Oh, mon Dieu ! Regardez !

Le voisin qui loge au bout de la rue constate qu'un éclat de bombe a traversé la toiture de sa maison et s'est arrêté au plafond de l'une des deux chambres.

Quant à celui de l'angle, Armand Prévost, dont le fils est maintenant milicien, il observe du pas de sa porte tous ceux qui émergent de l'abri. Il a pour habitude de siffler de contentement quand il les voit. Il s'est aménagé une zone de protection dans son propre jardin.

— Il ne l'emportera pas au paradis, quand le conflit se terminera ! C'est un salaud de la pire espèce ! marmonne Julien.

Du côté de chez Jeannot, toute la famille et les voisins proches se sont protégés dans un abri creusé devant le potager.

Les alliés progressent, mais la peur est au rendez-vous à chaque attaque aérienne.

***

Le lendemain, on retourne au travail. On parle de la nuit épouvantable qu'il a fallu, une fois de plus, affronter.

Ceux qui sont en poste à l'usine de bonneterie ont établi une carte punaisée au mur, dans un coin connu seulement de quelques-uns. Car même les murs ont des yeux et des oreilles ! Des élastiques rouges, accrochés à des petites pointes, suivent le trajet du front russe. À chaque fois que les Allemands avancent, les élastiques se déplacent également. C'est alors du désespoir. Mais, ça s'est mis à remuer à partir de Stalingrad, et le front s'est stabilisé. La ligne recule depuis, progressivement. La débâcle allemande a lentement commencé.

— Bah, tant mieux ! Parce qu'avec les mesures prises, le pays est mal parti ! chuchote l'un des ouvriers.

— En tout cas, leur retraite élastique a du plomb dans l'aile ! murmure un autre.

Les quelques hommes rassemblés autour de lui acquiescent silencieusement.

***

Léonie vient de prendre son service du matin. Elle est toute seule dans l'arrière-salle des guichets.

— Le fils de mon frère va devoir maintenant aller travailler pour l'envahisseur ! chuchote Gaston à l'oreille de Léonie.

Ils s'apprécient mutuellement, et savent intuitivement qu'ils partagent les mêmes opinions. Mais elle se permet avec lui ce qu'elle s'interdit le reste du temps en dehors de sa famille. Elle a peur, comme tous les autres Français, que ses propos aboutissent aux mauvaises oreilles. On pourrait la dénoncer. Elle a toute confiance en Gaston, et réciproquement.

— Julien m'en a parlé.

— Mais il a dit à son père qu'il ne voulait pas du STO ! Il refuse d'aller servir de main-d'œuvre outre-Rhin, pour remplacer les ouvriers réquisitionnés sur le front ! Et il a raison ! Les Allemands ont le culot de faire croire que c'est pour permettre la libération de prisonniers français. Mais ceux qui sont renvoyés sont souvent des malades !

Gaston parle très bas, en jetant des regards vers la porte, pour s'assurer que personne ne pourra deviner leur sujet de conversation au moment de pénétrer dans la salle.

— Heureusement ! La résistance s'organise. Je connais des réfractaires partis à la campagne pour se fondre parmi les ouvriers agricoles ! C'est ce que je ferais, si j'étais à leur place. Il y a aussi ceux qui vont entrer dans la clandestinité ! Et c'est ce qu'a décidé mon neveu !

— En attendant, les temps sont durs ! ajoute Léonie. Sais-tu qu'hier j'ai fait la queue près de deux heures pour essayer d'avoir des souliers pour Eugénie ? Heureusement, j'ai croisé la fille du boucher, qui m'a dit qu'elle en avait une paire à me céder : ceux de sa petite Nelly, un peu plus grande que ma fille. J'ai sauté sur l'occasion ! On commence à manquer de tout !

« Septembre 1943.

Cette période de rationnement demande vraiment de l'organisation et de la débrouillardise ! Je sais que des ouvriers "perruquent" en fabriquant des moulins à blé en fonte, afin de moudre les épis glanés lors de randonnées à la campagne. Du savon est fait maison avec du marron d'Inde. On se partage des biscuits caséinés. On grille de l'orge pour faire du café. De la graisse de cheval est utilisée pour faire des frites. Il y a parfois l'arrivée de chevreaux en vente libre, pour fournir de la viande en cachette. Tout ça fait la prospérité du marché noir !

La limitation des denrées alimentaires est cependant très difficile à supporter. Surtout pour ceux qui vivent en centre-ville. Sur la lisière, c'est encore la campagne, la plupart des gens ont leurs potagers. Ce qui n'est pas rien pour se nourrir !

Ce matin, ma voisine était au désespoir. Elle a récupéré son beurre totalement fondu dans sa cuisinière. Elle l'y avait déposé la veille, et oublié de le retirer lorsqu'elle a mis chauffer le four ! J'en ai prélevé sur ma propre ration familiale pour lui venir en aide : cela aurait pu m'arriver. Colette m'a longuement remerciée. Son aîné est travailleur de force dans le bâtiment, et son mari est sur le front. Je pense que Julien comprendra. Heureusement que les cousins nous aident ! D'ailleurs, Julien est attendu ce dimanche !

J'ai appris par eux que les Boches confisquaient le foin pour leurs chevaux. Ils disposent d'une grosse presse pour le mettre en bottes. Ils ont tout le matériel nécessaire, ces Schleus !

Le voisin d'à côté a été attrapé dehors alors que c'était l'heure du couvre-feu. Il a été obligé de cirer des souliers toute la nuit.

Pourtant, la lumière de son vélo était peinte en bleu à l'intérieur du phare ! C'est quand même incroyable d'être obligé de camoufler toutes les sources lumineuses ! On a l'impression d'une ville morte.

Tiens ! À propos de vélo, il faudra que Julien répare le mien. J'ai crevé au bout de la rue, et il va falloir récupérer un morceau de vieux pneu pour fabriquer un emplâtre à glisser entre la chambre à air et le trou du pneu. Je crois que Julien n'en a plus de réserve. Ça va encore faire un drôle de bruit quand je vais pédaler ! Et la boursouflure va m'empêcher de rouler vite ! Mais c'est tellement dur d'obtenir des pneus ! Et je vais lui dire que j'ai été verbalisée par deux gendarmes de la Wehrmacht l'autre soir, pour m'être trouvée encore dehors deux minutes après le couvre-feu. Je leur ai montré l'état de ma bicyclette. Ils me voient passer tous les jours, alors ils se sont contentés de me donner une amende.

Heureusement qu'ils ne m'ont pas fouillée ! J'avais trouvé un tract de juillet par terre, en passant sous une porte cochère. J'ai bien regardé autour de moi avant de le ramasser et le fourrer dans ma poche de veste. Je l'ai, depuis, glissé dans mon cahier. Surtout, qu'on ne le découvre pas ! "Mort aux Boches et aux traîtres qui le servent !" On y voit des caricatures de Laval et Hitler pendus ! »

Léonie ferme son journal.

Yvonne, sa belle-sœur, vient d'arriver.

— Aujourd'hui, au marché, j'ai eu l'occasion de revoir le conducteur du camion qui nous avait aidées, moi et les filles, pendant l'exode.

— Ton amoureux ?

— C'est Julien qui t'en a parlé ? Celui-là ! Une vraie commère ! Il m'a donné des nouvelles de ceux qui étaient avec nous. La mère de Gilbert se retrouve veuve : son mari a été tué par les roues d'un tracteur, à la ferme où il était prisonnier. Quant à l'oncle de Gilbert, il a été interné dans un camp pour politiques. Il est accusé d'être communiste !

— Quand est-ce que tout ça va s'arrêter ? Eugénie est rentrée en pleurs hier, parce qu'on lui a dit que sa camarade de classe, Anna, ne reviendrait jamais. Sais-tu qu'elle m'a demandé un jour de lui coudre une étoile jaune sur son pull ? Pour faire comme Anna ! Elle n'a pas compris pourquoi je refusais ! Mais comment expliquer à une petite fille que l'étoile qu'Anna a été obligée de porter est l'expression de la haine ? Comment lui dire que les hommes sont devenus fous !

Léonie se met à pleurer. Yvonne la prend dans ses bras.

— Pleure, si cela te soulage… Mais il faut tenir bon, Léonie. Pour Eugénie, justement. Et Laurette. Tiens ! Je suis allée chez les cousins samedi dernier. Et je te rapporte du miel. Et du vrai, bien sûr ! Pas cet ersatz fait avec du sucre de betterave ! Cela pourra remplacer un temps la saccharine des déjeuners ! Ils m'ont dit qu'ils attendaient les petites pour l'été.

— Je pense que ce sera la meilleure solution parce que…

Léonie s'interrompt. Elle a aperçu par la fenêtre le voisin dont le pavillon est situé à l'angle de sa rue.

— Surtout, évite ce type-là ! Il soutient la politique du Reich allemand. Il ne doit pas se priver d'épier tout le monde ! Je suis sûre qu'il doit observer le quartier avec des jumelles !

Léonie ne croit pas si bien dire. Armand Prévost a repris son poste derrière les rideaux de sa chambre à coucher, tandis que la voix de Léo Marjane se fait entendre à la radio.

Je viens de fermer ma fenêtre,
Le brouillard qui tombe est glacé ;
Jusque dans ma chambre, il pénètre,
Notre chambre où meurt le passé.
Je suis seule ce soir
Avec mes rêves,
Je suis seule ce soir
Sans ton amour.[27]

---

[27] 1941.

– 25 –

Une collègue de travail de Léonie se tient à l'écart, en salle de repos. Léonie a tout de suite senti que quelque chose tracassait cette femme de 43 ans, dont le mari est revenu de son camp de prisonniers en échange d'un travailleur volontaire. Mais tant de choses peuvent être actuellement cause de soucis !

Elles s'isolent un instant.

— Que se passe-t-il, Marcelle ? Tu n'as pas l'air dans ton assiette !

— J'attends de nouveau un enfant, Léonie. Je vais avoir une cinquième bouche à nourrir ! Ce qui devrait être une joie n'est en fait que du tracas à venir. Mon mari est revenu handicapé du bras droit, et l'usine lui confie peu de travail. Alors, ça s'en ressent sur la paye ! J'ai tous ces enfants à charge ! Je fais mon maximum, mais avec les restrictions, la pénurie en ravitaillement, on manque de tout ! Je ne vais bientôt plus pouvoir y arriver. Et l'idée d'une cinquième grossesse m'est insupportable ! Je sais que je ne devrais pas dire ça, surtout sous Pétain, qui ne rêve que de belles familles à la française ! Il y a même une brochure qui répand le message selon lequel les femmes coquettes sans enfants n'ont pas leur place dans la cité. Ce sont des inutiles !

— Laisse-le penser ce qu'il veut !

— En attendant, je me retrouve enceinte d'un enfant que je ne désire pas !

Elle s'est retenue à temps pour ne pas le crier, heureusement !

— Je suis impuissante, Marcelle. Je ne vois pas comment je pourrais t'aider.

Alors, Marcelle s'est approchée de Léonie et lui a glissé un papier dans la poche droite de sa blouse.

Léonie a deviné de quoi il s'agissait.

Elle ne s'étonne pas du geste. Elle a mal pour sa collègue. Mais elle ne se sent pas bien non plus. La demande qu'elle est certaine de trouver rédigée sur le bout de feuille est synonyme de danger.

Pour toutes les deux.

– 26 –

Je ne m'étais pas trompée : ce que Marcelle me demande va être très difficile et dangereux.

Le 15 février 1942, l'avortement est devenu un crime contre la sûreté de l'État. Or, Marcelle souhaiterait que Léonie lui fournisse l'adresse d'une faiseuse d'anges. Des années de travaux forcés attendent celles qui accomplissent ces actes, quand ce n'est pas le couperet de la guillotine. Une femme a ainsi eu la tête tranchée pour avoir pratiqué des interruptions de grossesse.

Léonie aimerait n'avoir jamais posé la question et n'avoir aucunement cherché à aider sa collègue. Mais elle ne sait pas faire semblant. Elle est dans le secret, elle ne peut pas l'abandonner. Elle va donc se mettre en quête d'une adresse sûre. Sans en toucher mot à Julien : elle sait qu'il le lui interdirait.

Rendez-vous est pris auprès d'une certaine Huguette, qui accepte de voir Marcelle. Ce n'est sûrement pas son vrai nom.

Léonie a obtenu ses coordonnées par l'intermédiaire de l'épouse de son dentiste, avec laquelle elle a eu l'occasion de discuter alors qu'elles étaient seules dans la salle d'attente.

Le problème de l'avortement relie les femmes les unes aux autres. Il y en a toujours une qui sait auprès de qui se renseigner. Le bouche-à-oreille fonctionne dans le secret.

— J'aurais un service à vous demander. C'est pour une amie.

La femme du dentiste lui a fait signe de la suivre jusqu'au lavabo des toilettes.

— Quand on me parle d'un service à rendre, je devine de quoi il s'agit. Vous pouvez avoir confiance.

— Nous savons toutes les deux que cela peut-être très risqué.

— J'ai eu moi-même à subir ce que vous me demandez. C'est pour moi une façon d'expier l'adultère commis. Ne m'en demandez pas plus. Dites à votre amie que beaucoup de femmes ont eu recours aux services de cette personne.

Un papier est glissé dans la main de Léonie. La femme ajoute :

— Le jour où les hommes voudront prendre le temps de réfléchir au sort des femmes qui se trouvent engrossées après avoir satisfait le plaisir de ces messieurs ! Alors, un grand pas sera fait pour améliorer la condition féminine !

Munie de l'adresse, Léonie est allée retrouver Marcelle.

— Merci, Léonie. Je ne pensais pas que tu irais jusqu'au bout. Je m'apprêtais à faire n'importe quoi pour essayer de m'en débarrasser.

C'était mal connaître Léonie.

– 27 –

Marcelle s'est absentée une journée.

— Vous êtes un peu pâlichonne ! s'exclame le receveur des PTT en la voyant le jour suivant.

L'homme est grand et sec. Il ne se mêle pas de politique. On serait incapable de dire s'il soutient Pétain ou lutte contre les Allemands. Mais il n'est pas méchant, et il aime les employées qui sont sous sa responsabilité.

Elle se contente de lui sourire. En passant auprès de Léonie, elle lui murmure :

— On peut se voir à la pause ?

Elles sont toutes les deux du matin. Vers 10 h 30, Marcelle va se mettre au fond de la salle en compagnie de Léonie. Elles échangent tout bas.

— Tu ne sembles pas très vaillante !

— Ça va aller ! Ne te fais pas de souci ! Il y a bien des saignements, mais rien de trop grave. Surtout, je n'ai pas de fièvre. J'ai de la chance.

Marcelle connaissait les risques pour sa santé avant d'entreprendre quoi que ce soit. Elle savait que l'on pouvait faire une septicémie et en mourir. Elle ne s'est pas laissé submerger par la peur qui la tenaillait. Elle était prête à tout pour éviter une autre naissance. Son mari a été maintenu dans l'ignorance totale de la situation de son épouse.

— Et pour l'argent ?

— Je me suis débrouillée. Elle fait surtout ça pour rendre service aux femmes.

Un secret à ne jamais divulguer.

– 28 –

Norbert Michaud peut être très satisfait. Une lettre anonyme a dénoncé Drouer auprès des autorités allemandes pour refus d'obéissance aux lois promulguées pas le Troisième Reich. Et ce n'est même pas lui !

Quelqu'un l'aurait entendu dire à Julien qu'il trouvait haïssable la loi imposant aux Juifs de faire apposer la mention « Juif » sur leur carte d'identité.

Michaud ne rêve que d'une chose : endosser le rôle de commissaire intérimaire. Or, il sait que leur chef souhaite confier les responsabilités du commissariat à Julien, au cas où quelque chose lui arriverait.

Aujourd'hui, il jubile : Drouer a été arrêté. Le bruit court qu'il a été interrogé longuement et qu'il aurait reconnu avoir prévenu des membres des réseaux communistes de la région à chaque fois qu'une descente de police avait été prévue.

— Il a été emmené en détention dans un camp de transit ! dit un policier une semaine après l'arrestation de leur chef. Il sera ensuite envoyé dans un camp de concentration.

Tout le monde reste silencieux.

On commence à comprendre de quelle façon vivent les détenus des camps. Ils essaient surtout d'y survivre. Mais il vaut mieux ne pas laisser deviner son opinion.

D'accord, l'autre prend les rênes de la boutique, songe Michaud, *mais il ne va pas rester longtemps à son poste ! Je me suis, là aussi, aperçu de deux, trois choses qui pourraient intéresser en haut lieu ! Du reste, je ne suis pas le seul à le trouver louche. Il n'a pas que des amis, ici ! Beaucoup seraient prêts à le signaler aux Allemands. Après tout, nous sommes tenus de respecter les ordres !*

***

Gaston fait signe à Léonie de le rejoindre en salle de pause.

— J'ai appris qu'une lettre de dénonciation contre ton mari avait été interceptée. Il y a quelques trieurs du bureau central qui prélèvent au hasard des lettres adressées à la Kommandantur. C'est comme ça qu'ils s'en sont aperçus. Il faut que Julien soit sur ses gardes !

Rentrée à la maison, Léonie avertit son époux. Elle a peur pour lui, mais se sent en même temps rassurée : elle a la preuve qu'il ne collabore pas docilement avec le gouvernement.

— C'est un coup de Michaud, j'en donnerais ma main à couper ! lui dit-il. Il ne peut pas me blairer, et je le crois capable de tout pour se débarrasser de moi !

Il réussit à se faire faire une fausse carte d'identité. Il l'utilisera en cas de recherche de sa personne et de départ précipité. Il sait où se réfugier : sur les terres de Léonie. Il laissera en lieu sûr son *Polizei-Dienstausweis*[28]. Il prendra le nom de Jean Louvet, né en Bourgogne, et devra oublier son métier de policier pour devenir ouvrier agricole.

---

[28] Carte d'identité identifiant le titulaire en tant que policier.

– 29 –

Il a été nécessaire de retourner chez les cousins pour de nouvelles victuailles.

Julien revient de nuit avec un cache sur sa lumière pour ne pas se faire repérer. D'ailleurs, tout doit être calfeutré la nuit.

Il a de la chance de connaître le trajet par cœur, car les éclairages des maisons ne sont pas visibles. Les vitres sont peintes en bleu sombre, tout comme celles des usines, doublées en plus de larges bandes collées dessus. Cela évite aux avions de les apercevoir, et aux vitres de blesser quiconque en cas d'explosions dues aux attaques aériennes.

Cette virée est dangereuse et épuisante. Mais quoi faire d'autre quand les tickets de rationnement ne suffisent pas ?

Eux-mêmes s'en sortent, mais ce n'est pas vrai pour tout le monde. On lui a parlé de cas de tuberculose et de retards de croissance dus à la malnutrition.

— Et pendant ce temps-là, les Allemands pillent le pays ! dit-il à Léonie après avoir regagné le logis.

Elle ne peut qu'être d'accord. Elle a conscience de sa chance par rapport à d'autres, bien moins lotis qu'eux.

– 30 –

À quelques kilomètres de l'endroit où résident Jeannot et Gilbert, les gens vont souvent, le dimanche, se baigner dans les trous d'eau d'une rivière, ou bien barbotent là où elle affleure sur les graviers.

Ce dimanche-là, beaucoup sont venus à vélo. Il y a une petite guinguette avec vente de boissons. Jeannot et Gilbert sont en compagnie d'Eugénie, accoutumée aux randonnées à bicyclette avec son père.

Julien et Léonie ont décidé de garder Laurette pendant que leur aînée est dans la famille de Jeannot pour passer une journée sans nul doute plus distrayante qu'en ville. Ils s'accordent pour penser que ce sera pour elle une bouffée d'oxygène.

Un peu avant d'aller profiter de la baignade, Jeannot a proposé à ses deux amis de se rendre jusqu'à la gravière familiale. Gilbert la connaît, mais, pour Eugénie, c'est une grande découverte !

Elle se retrouve au pied de la drague flottante des oncles de Jeannot. Elle va une nouvelle fois tomber sous le charme des explications que le jeune garçon s'apprête à lui donner.

— La drague peut aller jusqu'à cinq ou six mètres de profondeur. Elle est constituée de godets qui descendent puis émergent de l'eau à tour de rôle, pour déverser leur contenu dans des grosses barques conçues pour contenir trois à quatre mètres cubes de grève. Tu les vois, ces barques ? Il y a un ouvrier dedans pour la mouvoir à l'aide d'une perche très longue et lourde. Quand la barque est pleine, elle transporte la grève jusqu'à la terre, où elle reste à quai.

— Qu'est-ce qui se passe, alors ?

— Là, il y a un autre élévateur, lui aussi constitué de godets, qui reprend la grève, avec l'aide de l'ouvrier dans la barque : il utilise une pelle pour bien veiller au remplissage à ras bord des godets. Tiens ! Regarde !

— Ah, oui ! Je le vois !

— La grève brute est ainsi remontée au sommet de l'élévateur, et se déverse dans des grilles cylindriques à maillons différents. Ça permet de cribler ou tamiser ce qu'on appelle le tout-venant, qui va donner des calibres de pierres différents, pouvant aller de la grosse grève au sable fin. Après, les gens prennent ce qu'ils veulent en fonction de ce qu'ils souhaitent faire avec. Mon père travaillait à la gravière avant de vendre du poisson ! Il livrait parfois du gravillon pour réparer les routes.

Gilbert connaît toutes les explications fournies par Jeannot, mais il aime l'entendre raconter. Sa présence le réconforte depuis la disparition de son père. Ce n'est pas toujours drôle chez lui, entre sa mère, qui a du mal à se remettre du décès, et sa tante, sans nouvelles de son mari interné en Allemagne.

— Regardez ! Il y a des cygnes sur l'eau ! s'écrie Eugénie.

— Oui ! Mais il ne faut pas s'en approcher, ils peuvent être méchants ! Surtout quand il y a des petits !

L'après-midi se déroule sous le soleil. Bonheur du moment dont ils doivent profiter. Les rires et la musique en arrivent presque à faire oublier la domination subie depuis quatre ans.

Eugénie est ravie. Elle s'amuse tellement avec ses copains. Passer la journée sans Laurette lui fait aussi du bien.

— Ma petite sœur est adorable, mais je suis toujours obligée de m'en occuper quand maman n'est pas là.

Vers 18 heures, sur le chemin du retour, ils entendent et aperçoivent une escadrille de quadrimoteurs à environ cinq mille mètres au-dessus de leurs têtes.

Beaucoup posent pied à terre pour les regarder. Les plus âgés donnent leurs avis :

— Ça doit être des Américains !

— Oui ! Les Anglais volent plutôt la nuit !

— Ils bombardent et mitraillent tout ce qui peut aider les Boches à convoyer leurs hommes et leur matériel. Je crois qu'ils doivent se diriger sur la gare de triage la plus proche.

Une fusée éclairante est lâchée, suivie d'un bruit de locomotive, et dix secondes après, d'un tremblement de terre.

Puis chacun reprend la route, avec au cœur le sentiment que la fin de la présence étrangère approche.

Julien est venu récupérer sa fille, et les trois jeunes le trouvent en grande conversation avec le père de Jeannot.

— Papa ! Il faut que je te raconte ! lui dit Eugénie. On a vu des avions américains !

Nul besoin de mots. Les deux hommes se sourient. Oui ! La délivrance approche, sans doute trop lentement, mais elle approche. Il leur faut être patients.

– 31 –

Nouvelle alerte aérienne. Les sirènes retentissent tandis que les ouvriers et ouvrières de la Société Générale de bonneterie, avec ses ateliers consacrés respectivement à la lingerie elle-même et à la fabrication des métiers nécessaires à sa conception, sont à leurs postes. Aussitôt, l'usine est évacuée. Le personnel sort dans la rue, et court sur quatre cents mètres jusqu'aux berges du fleuve. Les mécanos, les raccoutreuses, les bonnetiers, les mécaniciens, ainsi que les employés des fonderies, se cachent dans les fourrés, sous les frondaisons. Bien qu'inquiets, les gens se réjouissent, car cela permet d'envisager le départ des Allemands un jour que l'on n'espère pas trop lointain.

Les alertes suivent le déplacement des avions. De juin à août 1944, il y a une recrudescence de bombardements. Les bombardiers alliés anglais veulent détruire les usines obligées de travailler pour les Allemands, tout comme les dépôts de carburant, les gares de triage, les voies ferrées, les troupes, les convois…, tout ce qui peut favoriser l'ennemi.

Une nouvelle sirène indique la fin de l'alerte, et permet à chacun de regagner son lieu de travail. On s'essaie à quelques blagues. L'usine est intacte.

Par contre, une des nombreuses gares de triage de la ville a été détruite.

Jeannot décide, le lendemain, d'aller voir de plus près les dégâts occasionnés. Que de trous, de débris ! Il sait qu'il y a eu des morts parmi les civils dont les logements se trouvaient à proximité.

Il est en compagnie d'un adulte. Jeannot marche à côté de son vélo, tandis que l'homme plus âgé est à pied. Ils n'ont guère le temps de s'y attarder, car des sentinelles allemandes sont chargées de surveiller l'endroit.

— *Halt!*

Un tir dans les airs les fait décamper illico.

Jeannot rebrousse chemin à vélo et rattrape l'homme parti en courant pour le faire grimper sur le cadre.

Sur le trajet, ils croisent un voisin.

— N'allez pas par là ! Les Fritz tirent sur ceux qui s'approchent ! s'écrie l'homme transporté par Jeannot.

— Je vais tranquillement vers mon champ, et il est de l'autre côté. Pas d'inquiétude à avoir !

Jeannot aurait bien aimé pouvoir raconter à Gilbert qu'il avait échappé à la mort de peu ! Il pourra quand même dire qu'il a dû se montrer courageux pour ne pas s'enfuir en laissant l'autre homme se débrouiller seul.

De toute façon, il lui racontera comment les Allemands sont venus la veille prendre de force le mari de sa tante, pour l'embarquer jusqu'aux locaux de la Gestapo. Il était accusé d'avoir abrité un résistant très actif dans la région, recherché pour avoir exécuté un couple de collaborateurs deux jours auparavant. L'homme avait repéré le trajet qu'ils suivaient quotidiennement pour se rendre au travail. Alors, il s'est mis sur les hauteurs, et après les avoir attendus un bon moment, il a tiré.

— Abattus tous les deux, sans bavures ! dit-il à Gilbert le soir de son aventure. Je peux te dire que les Boches ont voulu immédiatement mettre la main sur le tueur ! Ils avaient un nom. Celui de mon oncle. On disait qu'il était l'ami du résistant. Gaspard a subi un interrogatoire en règle ! Avec des gifles à répétition. Mais les Boches ont entre-temps appris qu'il avait un frère. C'est lui qu'ils voulaient questionner. Alors, le mari de ma tante est ressorti libre. Pas comme un autre, tellement frappé qu'il en est mort !

— Au fait ! lui dit Gilbert. T'as vu que les Allemands invitent les citoyens à ramasser les métaux non ferreux, comme le plomb, le cuivre, le bronze… ? Ils organisent des transports vers l'Allemagne de tout ce qui leur est fourni. En échange, ils donnent du vin ! Je peux t'assurer que j'en connais qui font ça discrètement, pour ne pas s'attirer la colère de ceux qui refusent cette forme de collaboration. J'ai surpris le père Bouvier, l'autre jour, avec son grand sac. Il m'a dit qu'il ramassait du bois. Tu parles ! Il aime tellement la bouteille, qu'il ne veut pas laisser s'échapper l'occasion d'obtenir du pinard !

Les rires de l'un et l'autre permettent de terminer la journée en ayant le sentiment que l'on s'amuse toujours.

Ils n'ont pas encore connaissance de l'affiche collée sur divers murs de la ville, qui annonce à la population l'exécution à venir de cinq otages actuellement emprisonnés, si le meurtrier du couple assassiné sur le chemin du travail n'est pas dénoncé dans les vingt-quatre heures.

– 32 –

Attaques terroristes, représailles, mesures restrictives, désespoir… Le pays endure, mais refuse de plier. Et ce que tout le monde attendait se produit enfin ! Les Américains débarquent le 6 juin 1944 sur les plages de Normandie.

Des ouvriers de l'usine où Baptiste, cousin de Gilbert, est employé décident ce jour-là de rejoindre le maquis. Ils doivent franchir un lieu éventuellement surveillé. On lui demande d'aller en reconnaissance, afin de vérifier si le chemin est dégagé. Il connaît parfaitement le coin. Il part donc à vélo, avec, en cas de contrôle, deux bouteilles de lait vides qu'il est censé aller remplir dans une ferme. Les futurs maquisards restent en attente.

À un croisement, il aperçoit un groupe d'Allemands occupés à faire de la gymnastique en plein air. Leurs fusils sont réunis en faisceaux à proximité. Mais il y a aussi deux sentinelles dans un creux, un fusil-mitrailleur placé en direction de la route.

Baptiste les croise et montre ses bouteilles vides pour leur signifier qu'il ne fait rien d'autre qu'aller s'approvisionner. Au retour, plus personne n'est heureusement visible sur la route.

Après avoir récupéré les gars en partance pour le maquis, il décide de leur faire parcourir dix kilomètres de chemins rocailleux à travers la campagne avant de les laisser poursuivre leur route. Il n'aura plus aucune nouvelle d'eux.

⁂

L'été est installé. Un printemps sec succède à un hiver plutôt doux. Jeannot entend parler des actions menées contre les Allemands par les FFI. Suivies de représailles contre la population, comme celles de Tulle et Oradour-sur-Glane.

Oui, se dit Jeannot. *Les Boches sont bien ceux qu'on lui avait décrits au début de la guerre, des êtres dépourvus de toute humanité. Il faut s'en débarrasser le plus vite possible !*

D'ailleurs, l'exécution des prisonniers, annoncée sur les murs de la ville après l'assassinat du couple, a bel et bien eu lieu. Les fouilles, arrestations et interrogatoires divers n'ont rien donné. Le terroriste est introuvable.

Aussi, lorsqu'il aperçoit une nuit, au clair de lune, pendant près d'une demi-heure, des avions alliés par centaines qui vont bombarder l'Allemagne par vagues successives, il partage l'espoir de tous d'être enfin délivré de ces barbares.

Une fois qu'il va chercher du lait, il découvre un quadrimoteur anglais tombé dans un champ. Nulle trace du pilote. Baptiste en profite pour rapporter de la toile de parachute. À une autre occasion, un avion s'est écrasé dans un sol déjà dur. Baptiste peut y discerner l'empreinte du corps de l'un des occupants, qui, d'après ce que certains avaient vu et entendu, avait sauté d'environ cinquante mètres en hurlant avant que l'avion ne touche le sol.

Une vision qu'il va à jamais garder présente à l'esprit.

– 33 –

Une lettre est arrivée au courrier. Elle est destinée à Léonie, mais l'adresse est tapée à la machine, ainsi que le contenu du message.

« Ma chère Léonie,

J'ai lu rapidement sur ton visage ta stupeur de me voir au bras d'un Allemand. Ne me juge pas trop vite. Je suis seule, à présent. Mes parents sont décédés. Et je n'ai plus de travail. Ulrich est entré dans ma vie lorsqu'il m'a découverte inanimée dans une ruelle près de chez moi. La faim m'avait rendue très faible. Je n'avais presque rien mangé depuis trois jours.

Est-ce vraiment collaborer que d'accepter des repas réguliers, du chauffage, des bas de soie... ? Je ne suis pas une femme vénale. Je n'en profite pas pour dénoncer quiconque.

Ulrich n'est qu'un officier d'intendance. Il est courtois et attentionné. Sans en être éperdument amoureuse, je me sens bien en sa compagnie, et je suis attachée à lui.

Je sais que les Allemands repartiront un jour, et que je serai inquiétée. Mais j'ai ma conscience pour moi. Par contre, j'aurais mal de savoir que tu penses comme tous les autres, qui ne voient en moi qu'une sale maîtresse de Boche.

Cette lettre n'est pas manuscrite, afin que rien ne puisse permettre de nous relier l'une à l'autre, et que la honte ne puisse pas retomber sur toi.

Quoi qu'il arrive, souviens-toi de nos années de jeunesse, une époque qui faisait espérer l'avènement d'un monde meilleur !

Annabelle

P.-S. Brûle l'enveloppe et son contenu après l'avoir reçue. »

Léonie relit la lettre plusieurs fois, puis obéit à la demande d'Annabelle.

Elle n'en parle pas à Julien.

Elle veut bien comprendre, mais ne peut s'empêcher d'en vouloir à son ancienne amie.

Le lendemain de la réception de la lettre, le journal annonce, une nouvelle fois, l'exécution de plusieurs otages à la suite d'une embuscade au cours de laquelle un officier allemand a été tué. Un certain Ulrich Gröss. Que personne ne regrettera, hormis Annabelle.

– 34 –

Jeannot et son copain Gilbert sont réunis l'un des derniers dimanches du mois d'août 1944. Il est entre 10 h 30 et 11 heures du matin. Ils sont occupés à bavarder, quand, soudain, une colonne allemande de camions tirant des pièces d'artillerie, accompagnée de véhicules sur lesquels sont assis des hommes à l'air hagard, fatigué, passe devant eux avant de s'engouffrer dans une petite rue perpendiculaire à celle sur laquelle ils cheminent.

Jeannot entend un voisin, sorti discrètement sur le pas de sa porte, leur dire :

— Ce doit certainement être pour gagner une partie du champ qui se trouve au bout de cette rue ! Ils veulent y prendre position, car le bruit court que les Américains sont sur leurs talons, à environ une vingtaine de kilomètres !

Les deux adolescents décident de rentrer chez eux. Il n'est pas bon d'être sur le passage de troupes en retraite. L'avenir leur en fournira bien des exemples.

Deux heures après, il est demandé à Jeannot d'aller chercher deux tartes déposées le matin à cuire dans le four du boulanger situé dans la même rue, à environ cinq cents ou six cents mètres. Sa sœur Marie décide de l'accompagner.

Ils s'acheminent tranquillement jusqu'à la boulangerie, récupèrent les tartes, et, tandis qu'ils sont sur le trajet du retour, un moteur se fait entendre. Les jeunes lèvent le nez, et aperçoivent l'engin à quatre cents mètres de hauteur. Il semble chercher quelque chose. C'est un avion américain de reconnaissance, qui, après un moment, repart vers d'autres horizons.

Jeannot et sa sœur reprennent leur route, chacun une tarte en main.

Quand, subitement, ils entendent un enchaînement de détonations au-dessus de leurs têtes. Effectivement, ils voient dans le ciel des petits flocons noirs éclater selon un axe déterminé. Ce sont des fusants, qui, en fonction de la précision des réglages par l'artillerie, suivent les obus percutants qui détonnent au sol. La guerre a permis à Jeannot d'apprendre beaucoup de choses sur l'armement militaire.

Il demande à sa sœur de presser le pas. Ils savent que les percussions vont atteindre le sol. C'est ce qui se produit : l'une d'entre elles brise le toit d'une maison derrière eux.

Jeannot et Marie plongent à terre en réaction, sans lâcher les tartes pour autant, se relèvent et courent jusqu'à leur demeure, qu'ils supposent être leur havre de paix. Or, il y a à proximité le trou d'eau qui contient leur réserve de poissons d'eau douce. Trois obus atterrissent précisément l'un après l'autre dans la cavité, déclenchant trois geysers.

Les tirs continuent en direction de l'endroit où les Allemands sont en position. Ils n'ont certainement pas attendu leur anéantissement pour lever le camp. Mais personne n'est assez brave ou stupide pour aller vérifier dans l'instant. Des drapeaux français sont sortis, puis vite retirés lorsque le bruit court que le retour de soldats allemands est annoncé.

La dégustation des tartes, rescapées des tirs, alimente les conversations des jours durant ! Quelque temps après cet épisode, les Américains font leur entrée et établissent, le long du ruisseau situé plus haut, une ligne de défense au cas où les Allemands contre-attaqueraient.

Le père de Jeannot avait donc eu raison d'espérer, en décembre 1941, au moment de la destruction de la flotte de Pearl Harbour.

— Les Américains viennent d'être attaqués ! Ils vont prendre part au conflit. Je me souviens de leur arrivée en 1917, avec tout leur matériel. Je peux t'assurer que des Yankees qui entrent dans la guerre, c'est la défaite assurée des Allemands !

***

Jeannot se souvient être allé à Berck-Plage avec sa famille à l'âge de 7 ans, afin d'y être laissé pour ses vacances en compagnie de sa sœur.

Ils étaient passés par les chemins de la guerre de 14-18 : il avait vu un village conservé dans son état d'anéantissement, les tombes et leurs croix blanches, un char français demeuré sur le bas-côté de la route, les barbelés, les tranchées, un fort qui portait les marques des combats menés… Ses parents parlaient de la guerre comme d'un cataclysme. Jeannot éprouvait la même tristesse que celle de son père, qui n'avait pas participé à celle de 14 en raison de ses problèmes pulmonaires.

Un mois plus tard, il était revenu les chercher, et, par un chemin légèrement différent, les avait fait passer par la clairière de Rhetondes, où l'Armistice mettant fin au premier conflit mondial avait été signé.

Le jeune garçon avait eu l'occasion de contempler un monument qui glorifiait la victoire française et la défaite allemande : il y avait un aigle en bronze, tête vers le bas, comme abattu, accolé à une stèle. Et l'inscription évoquait l'Allemagne vaincue.

Il était entré dans un wagon stationné devant eux. Son père lui avait indiqué les sièges et la table où avaient été conclus les accords de la dernière guerre.

— Tu vois, dit-il à Gilbert. J'ai vu, quand j'étais petit, le wagon dans lequel a été signé l'Armistice de 1918. Il y a quatre ans, on y a déterminé des accords qui mettaient fin aux hostilités. Et Hitler a donné l'ordre d'emporter le wagon ! C'est comme un trophée de guerre pour lui ! Mais il a eu beau détruire les bâtiments tout autour, et recouvrir la stèle qui se trouve à côté d'un grand drapeau rouge, avec, en fond, sa croix gammée, tout ce décorum n'a servi à rien ! À rien de rien ! Oui ! Mon père avait raison au sujet des Américains ! Les Boches vont partir. Et on va enfin respirer librement ! Tu te souviens comme il y en a qui pleuraient à l'arrivée des Allemands ? Eh bien maintenant ils vont rire ! Rire aux éclats !

Il fait entendre le sien. Il est euphorique. Rien n'est encore fait. Mais il y croit. Gilbert est aussi joyeux que lui, et le pré en pente dans lequel ils se sont assis voit les deux adolescents rouler dans l'herbe comme ils le faisaient autrefois lorsqu'ils n'étaient que deux gamins.

– 35 –

Des voisins de Jeannot reviennent de la ville.

— Il y a des combats là-bas ! J'ai vu un soldat brûler dans son camion !

— Et moi, un autre calciné, à l'état de squelette.

— Le bruit se répand que pas mal de gens ont été tués !

Effectivement, un charnier d'une trentaine de civils est découvert à la sortie de la ville : suite à un accrochage avec des FFI, qui a occasionné la mort de plusieurs soldats ennemis, des représailles ont eu lieu, sans distinction de sexe, ou d'âge. Des otages ont été extraits des prisons.

— Des amis m'ont dit qu'ailleurs, ils ont fait croire qu'avant de quitter les lieux, ils allaient distribuer tout ce qui leur restait de marchandises, dont des cigarettes. Les gens y sont allés, sans se méfier. Arrivés devant les fenêtres, ils se sont fait tirer dessus. Comme des lapins ! Certains en sont morts. Un vrai guet-apens. La fille de l'une des victimes en est restée tellement terrorisée qu'elle a passé toute la nuit suivante allongée dans le couloir de l'appartement dont les fenêtres donnent sur le lieu du massacre. Elle avait peur d'être tuée à son tour.

Mais la libération est en route. Tout le monde est dans l'euphorie de l'espoir. Et la parole commence à se délier. Jeannot a eu l'occasion de se disputer une fois avec un copain dont la mère couche avec l'occupant, et dont le frère aîné appartient au PPF[29], d'obédience fasciste.

— Ne t'en fais pas ! Un jour, je prendrai le fusil de chasse de mon père, et nous serons plusieurs à venir les arrêter !

Quelque temps après, une amie de la famille lui dit :

— Jeannot ! Fais attention ! On a rapporté tes propos au sujet d'un fusil. Tu devrais te méfier !

---

[29] Parti populaire français, d'inspiration fasciste, fondé par Jacques Doriot, 1936.

Le soir même, Jeannot en parle à son père, qui ne le gronde pas. Il se contente de faire disparaître l'arme fatale, dans un endroit connu de lui seul.

Mais il y a l'arrivée des Américains. Jeannot demande à son père de lui confier son petit revolver des tranchées de 1914.

Il est bien décidé à se rendre en ville armé.

– 36 –

Jeannot a sur lui le petit revolver chargé que lui a laissé son père. Il n'est pas allé rechercher le fusil de la guerre de 14-18 qu'il avait dissimulé dans un tronc d'arbre, quelques années auparavant. Il sait qu'il est inutilisable. Il se demande juste s'il s'y trouve encore ou si quelqu'un l'aura délogé de sa cachette.

Il aura bientôt 16 ans. Il chemine, fier et excité de participer à l'événement de la libération de la cité par les Américains. Gilbert ne l'accompagne pas. Il doit s'occuper de sa mère souffrante.

Jeannot croise des soldats américains prêts à lui remettre des grenades. Plus loin, un de leurs camions est arrêté en bord de route. Un GI l'interpelle pour échanger l'arme de Jeannot contre une carabine américaine en dépôt dans le véhicule, avec deux chargeurs en sus. Jeannot est trop heureux d'effectuer le troc. La carabine est ensuite rapportée à son père. Son équipée sauvage prend fin là.

Il ne sait pas qu'au même moment, la tante d'Eugénie est en ville, prise dans un échange de tirs entre un milicien retranché sur le toit d'un immeuble, et des membres des FFI[30]. Yvonne vient de quitter son amoureux, Robert. Ils s'étaient donné rendez-vous chez lui. C'était le jour de congé d'Yvonne, employée dans une blanchisserie. Le moment qu'ils viennent de passer ensemble lui a fait oublier un temps les tracas de sa patronne. Cette dernière a reçu des lettres anonymes qui l'accusent de collaborer avec l'ennemi en nettoyant leurs uniformes.

— Mais elle n'a pas eu le choix ! Ils l'ont obligée. Et c'est ce qui lui permet de gagner sa vie ! Peut-être que ça va rejaillir sur moi ?

— Mais on ne peut rien contre toi ! Tu n'es qu'une employée, lui a répondu Robert.

---

[30] Forces françaises de l'intérieur

— Vu ce que j'entends, et ce à quoi j'assiste… Au fait ! Je ne t'ai jamais demandé pourquoi tu ne t'étais pas engagé lorsque le conflit a éclaté.

— La guerre, ce n'est pas pour moi. J'ai des problèmes pulmonaires, donc, de toute façon, ils ne m'auraient pas accepté ! C'est bien malheureux, ce qui se passe, mais je ne vais pas m'affliger outre mesure. S'ajouter des problèmes par des souffrances morales n'y change rien. Je m'occupe de l'endroit dans lequel je vis, et je fais de mon mieux pour protéger ce paradis et les êtres chers qui s'y trouvent. On peut me traiter d'égoïste, mais c'est comme ça que je conçois les choses ! Et je ne vois pas pourquoi j'irais me faire tuer pour des chefs qui ne pensent qu'à eux. En 1918, l'année où j'ai perdu mon frère de la grippe espagnole, on nous a dit que c'était la dernière fois. Et pan ! On remet ça ! Les hommes n'apprendront jamais. Et qu'on ne me parle pas de la Résistance ! Il y a peut-être des purs et durs dedans, mais il y a aussi quelques crapules !

Ils se sont quittés sur ses mots, après un dernier baiser. La voilà maintenant prise dans une fusillade.

— Couchez-vous ! Allongez-vous, Madame ! Il y a du danger. Vous risquez de prendre une balle.

Yvonne se retrouve donc au sol, à proximité de son vélo, lui-même renversé sur le côté. La tête entre ses bras, les yeux fermés, elle sent son cœur cogner dans sa poitrine.

Une personne a tenté de se lever. Elle est étendue sur le dos, les jambes couvertes de sang. Il y en a également sur sa poitrine. Yvonne se garde de vouloir l'imiter. Les tirs n'arrêtent pas, jusqu'à ce qu'une balle atteigne le milicien isolé.

— Restez au sol encore quelques instants. Il faut s'assurer qu'il n'y a pas un autre tireur dissimulé !

Yvonne devine des bruits de pas précipités. Des ordres sont donnés. Arrive le moment espéré.

— Vous pouvez vous relever ! Mais faites vite ! On ne sait jamais !

Un brancard est apporté pour transporter le blessé. Yvonne enfourche son vélo en toute hâte. Sa frayeur va s'estomper. Tout va retourner à la normale. Ou presque.

– 37 –

Julien n'en revient pas ! Il aurait dû être arrêté par la milice pendant la nuit, à son domicile. Il a été, là encore, averti à temps.

Léonie elle-même ignore qu'il a vécu ces derniers jours caché dans la boucherie d'un ami.

Il a, pour l'instant, rejoint un groupe de résistants dans une ferme.

Son attention est attirée par l'arrivée d'un homme avec un fort accent alsacien.

— J'ai abandonné les Boches pour venir avec vous !

Julien trouve sa présence suspecte. Il est décidé de le mettre en garde à vue, après l'avoir ligoté dans une pièce de la maison. Puis les maquisards se dispersent par petits groupes.

Julien se rend dans sa chambre clandestine pour aller y récupérer un colt et des munitions.

En ressortant avec l'arme, il se retrouve en présence de plusieurs SS, mitraillette au poing. Ils sont à la recherche des terroristes qui ont abattu un officier dans son side-car. Des représailles ont déjà eu lieu : village brûlé, habitants exécutés. Femmes, enfants, vieillards, rien ne les arrête.

L'un des SS lui pose le canon de sa mitraillette sur la poitrine et lui demande ses papiers. Il présente sa fausse carte d'identité.

Pas de palpation. Il échappe à une mort qu'il croyait certaine.

Pour rejoindre ses camarades à la ferme, il doit emprunter différentes artères infestées de SS. Il est, à un moment, contraint de ramper sur les coudes dans un cassis d'une rue balayée par une mitrailleuse ennemie installée à l'entrée d'une école.

Il parvient enfin à les retrouver.

C'est ainsi que les membres du groupe vont communiquer, au cours de la journée, au commandement allié, les informations les plus précises concernant les emplacements des batteries allemandes, ainsi que des troupes de stationnement ennemies.

Les renseignements sont passés clandestinement, par émetteur radio. Ce qui permet aux chars américains de changer de route, afin d'éviter les nombreux tirs d'artillerie qu'ils n'auraient pas manqué d'essuyer.

Puis, position de combat est prise dans l'enceinte d'une usine.

Une attaque américaine d'une vingtaine de chars est alors déclenchée à revers contre les positions allemandes. Il y a de violents tirs de canons et de mitrailleuses de part et d'autre.

Julien et ses compagnons décident de faire le coup de feu avec leurs automatiques contre les Allemands en retraite. Une mitraillette, des munitions et des grenades sont récoltées. D'autres maquisards, qui n'avaient pas pu regagner leur groupe, se mêlent à eux. Il y a des morts de chaque côté. Mais ils réussissent à reprendre le commissariat d'un quartier.

Ils apprennent que la ferme qui leur servait d'abri a été incendiée. Ils ont bien fait de ligoter l'Alsacien : il espionnait pour les Allemands. Une heure après le départ des résistants, une division de SS était arrivée avec une automitrailleuse et avait mis le feu à la bâtisse après avoir libéré leur informateur.

Combien de temps vont-ils réussir à tenir la place ?

Ils savent que l'ennemi reviendra en force.

– 38 –

Ils avaient raison. Le lendemain, retour offensif de quatre cents Allemands SS, en file indienne, munis de mitraillettes et mitrailleuses lourdes. Ils sont suivis de camions, prêts à reprendre la ville. Les drapeaux posés la veille au-dessus des bâtiments reconquis sont aussitôt retirés.

Julien et ses compagnons ne sont qu'une quinzaine de combattants, cernés de tous côtés, dépourvus de toute troupe. Il est donné ordre de ne pas attaquer.

Une bataille s'est engagée plus loin sur un pont, entre les Allemands qui poursuivent leur avancée sur la ville, et des chars américains.

Les Allemands décident de se replier. Des SS choisissent ce moment-là pour venir délivrer du poste de police l'un des leurs, fait prisonnier la veille par Julien et son groupe. Ces derniers ne doivent leur salut qu'à un souterrain qui est un passage d'égout, situé à proximité. Les Allemands n'ont heureusement pas le temps de l'explorer. Les avancées alliées les préoccupent. Beaucoup ont déjà fui.

Arrivent alors les troupes américaines. Les résistants parviennent à se hisser sur le toit de l'Hôtel de Ville, malgré des tirs isolés dans leur direction. Ils ont appris que des armes et des munitions se trouvaient dans les combles du bâtiment. Ils décident d'aller les chercher.

Ils réussissent à abattre de nombreux tireurs en action sur leur passage, mais sont néanmoins accueillis par des mitrailleuses volantes allemandes.

Après avoir rampé sur une certaine distance, et su utiliser le terrain pour échapper aux tirs, ils se mettent à escalader les murs, sans se préoccuper des Allemands qui peuvent encore s'y abriter.

Ils mitraillent les portes et les fenêtres, et montent jusqu'aux combles, où sont stockés environ quatre-vingts fusils de chasse et autres armes de guerre, ainsi qu'une énorme quantité de munitions de tout calibre.

À leur sortie, ils abattent un soldat allemand qui leur tire dessus du toit.

Ils participent ensuite, toute la journée, au nettoyage des isolés allemands dans les greniers, les églises, et un peu partout dans la région boisée où beaucoup se sont retranchés.

Après cela, le comité d'épuration leur donne l'ordre, à partir du lendemain, de procéder aux arrestations de collaborateurs notoires, qui sont jugés et exécutés très rapidement.

Parmi tous les individus armés pour chasser l'envahisseur, il s'en trouve un qui s'approche soudain de Julien.

— Antoine !

Julien vient de reconnaître son ancien collègue de travail. Celui-ci lui déclare :

— Je me suis dit qu'il fallait que je sois à vos côtés pour libérer ma ville !

– 39 –

Les deux hommes se donnent l'accolade.

— Bon sang ! Ça fait plaisir de te revoir ! Tu nous as manqué !

— Moi aussi, les gars !

Ses autres collègues sont rassemblés autour de lui.

— Alors ? Qu'est-ce que tu as fait tout ce temps-là ?

— Après avoir démissionné, je ne suis pas allé rejoindre de Gaulle, comme je l'avais laissé entendre. J'ai disparu de la circulation pour me faire oublier. J'ai pu passer en zone libre par des chemins détournés. Arrivé au sud de Lyon, j'ai rencontré un groupe de gens qui voulaient s'organiser pour résister en faisant passer des informations, distribuer des tracts... Je me suis joint à eux. On vivait chez les uns et les autres. J'ai failli me faire prendre plusieurs fois. Mais comme tu le constates, je suis toujours vivant !

— Ça fait bougrement plaisir de te revoir ! Drouer n'est plus en poste. Les Fritz l'ont envoyé en camp.

— Il aurait dû s'enfuir, comme moi. Les Boches laissent en général peu de chance à ceux qu'ils arrêtent !

— Et Michaud ? Toujours là ?

Sourires de beaucoup.

— C'est notre grand libérateur !

— Je l'ai aperçu jubiler avec sa tondeuse à la main !

— Cela ne m'étonne pas ! s'écrie Antoine. De toute façon, quand tout le pays sera entièrement libéré, nombreux sont ceux qui s'en attribueront les mérites ! Il faut qu'on garde un souvenir de ce moment ! Regroupez-vous ! Je vais prendre une photo !

— Et toi ? Tu n'y seras pas !

— Ça n'a pas d'importance !

C'est ainsi qu'une douzaine de policiers en civil se rassemblent devant un camion de police improvisé, armes à la main, en ce jour de délivrance d'une ville sous le joug allemand depuis cinq ans.

– 40 –

Michaud a été aperçu par l'un des membres du comité, lui-même policier, lors d'une descente en centre-ville. Il se souvient de l'attitude de son collègue lors de l'arrestation du commissaire Drouer.

— Alors, Michaud ! On retourne sa veste quand on sent le vent tourner ?

Michaud s'est éclipsé, se rassurant en se disant qu'on en comptait certainement un grand nombre comme lui dans la police. Que l'époque avait encouragé les gens à devenir égoïstes. Ils n'étaient pas forcément sans cœur, mais l'individualisme avait donné à beaucoup la possibilité de survivre.

D'ailleurs, de quel droit se permettent-ils de le railler ainsi ? Tous ces donneurs de leçons ne connaissent rien de sa vie !

– 41 –

Norbert Michaud est l'enfant unique d'un père quincaillier et d'une mère couturière, à présent décédés.

Il a été dorloté par ses parents. Ils prêtaient à leur fils toutes les qualités imaginables. Son père lui avait dit un jour :

— Nous économisons pour que tu puisses préparer des concours. Je te verrais très bien médecin !

Il n'a jamais manqué de rien, jusqu'à la fin des années vingt. Là s'amorça une période financière difficile. Les clients devinrent rares en raison de l'augmentation du chômage, et le magasin parental ferma, comme bien d'autres.

Monsieur Michaud père ne s'en remit pas, et se suicida en se tirant une balle dans la bouche. Quand Madame Michaud découvrit le drame, elle sombra dans une profonde dépression. Dont elle émergea au bout de quelques mois. De son côté, Norbert Michaud fit des petits boulots pour gagner quelques sous. Mais il fallut se rendre à l'évidence, le bas de laine parental fondait irrémédiablement.

Sans le dire à son fils, Madame Michaud se mit à offrir son corps contre des espèces sonnantes. Elle était encore belle femme, et l'usurier du quartier le lui dit à mi-mot lorsqu'elle alla déposer quelques bijoux en or hérités de ses parents.

— Savez-vous que vous avez beaucoup de charme ? On pourrait peut-être s'arranger ?

La mère de Norbert s'était sentie flattée, et soulagée de savoir qu'elle pouvait toujours plaire. L'usurier était jeune et bien fait de sa personne, aussi ne tarda-t-elle point à sauter le pas.

C'est ainsi que débuta une liaison entre madame Michaud et le prêteur sur gages.

Norbert commença à s'étonner de la soudaine richesse de son alimentation, de la qualité de ses vêtements… Or, il avait remarqué que sa mère s'absentait toujours les lundis après-midi. Il décida de la suivre.

L'usurier habitait une riche villa excentrée. Norbert n'eut aucun mal à en franchir les grilles. Et, sans difficulté, il parvint à la chambre où les deux amoureux se tenaient debout tout en lui tournant le dos, plaqués contre un des supports du lit à baldaquin, sans doute un héritage de famille.

Norbert frappa l'homme au niveau du cou à l'aide d'un tisonnier découvert au pied de la cheminée située dans le salon du dessous. Il arrêta net l'usurier dans ses efforts. Madame Michaud, ne sentant plus les assauts dont son jeune galant était coutumier, se retourna pour se trouver nez à nez avec son fils, dont le visage apparaissait au-dessus du corps affaissé de son amant.

Elle poussa un cri. Norbert lui intima de se taire. Ce qu'elle fit. Elle le craignait. Depuis tout petit. Il piquait des colères qu'il était incapable de maîtriser, et détruisait tout ce qui l'entourait. Norbert s'aperçut très vite du pouvoir que son regard et ses gestes exerçaient sur sa mère.

Le corps inanimé fut déposé à l'arrière du jardin. Ils s'éclipsèrent. La villa n'était pas celle du jeune homme, mais un logement abandonné à la suite du krach boursier et de la disparition de son propriétaire.

L'usurier ne devait sans doute pas vouloir se faire remarquer. Les Michaud n'en entendirent plus parler.

Madame Michaud mère commença à déraisonner, et rejoignit l'asile le plus proche. Tandis que Norbert décidait d'entrer dans la gendarmerie.

– 42 –

Les habitants sont enfin libérés de l'occupant, mais la lumière retrouvée met en relief le côté sombre de cette délivrance. Le chaos règne à bien des endroits.

Certains en profitent pour obéir à leurs pulsions, aussi méprisables puissent-elles être. Les dénonciations, les soupçons, les rumeurs… vont donner à beaucoup l'occasion de se venger, de régler des comptes. Liesse, peur, soulagement, insécurité, tout se mêle. Cris de joie ou de douleur, rires et larmes, chants patriotiques que de soudaines rafales de mitraillette ne parviennent même pas à interrompre… C'est une euphorie collective où s'insinuent la méchanceté et parfois la haine.

Léonie croise une foule bruyante d'où sourd un mélange de hargne et de moquerie. Au milieu, une douzaine de femmes, entourées d'un premier cercle d'hommes. Elles sont poussées avec violence. Leurs vêtements sont défaits jusqu'à la taille. Une croix gammée a été peinte au goudron au-dessus de leurs seins, et sur leurs fronts.

— Sales putains !

— Collabos !

— Poules à Boches ! Salopes !

— Ordures !

— Espèce de raclures !

— Vos enfants seront de sales bâtards !

Les gens applaudissent, leur crachent dessus, leur jettent parfois des cailloux, hurlent de joie quand l'une d'entre elles est bousculée. Ils sont prêts à les frapper, à déchirer leurs vêtements. L'effervescence est à son comble. Ces femmes symbolisent à elles seules l'ennemi qui les a empêchés de vivre pendant cinq ans. Tout un bloc de frustrations, peurs et pleurs explose à l'air libre.

On ne pense plus, on ne différencie plus le bien du mal, on donne libre cours à ses pulsions.

Partout, ce sont les mêmes scènes. Dans la localité de Jeannot, les femmes auxquelles on s'est jusqu'alors contenté de manifester son antagonisme du regard sont traitées de façon similaire : une de ses voisines, qui loge dans une ancienne ferme, dont le mari est prisonnier, et le fils partisan de Jacques Doriot et son Parti populaire français, subit un châtiment semblable pour avoir été la maîtresse d'un soldat ennemi ; tout comme une autre, qui a partagé elle aussi son lit avec l'occupant, tandis que son mari moisissait dans un camp de travail…

Après des années de soumission sous la botte ennemie, voici le juste retour des choses : le peuple va pouvoir obtenir sa revanche. Que ces femmes souffrent enfin, qu'elles soient avilies après avoir vécu dans de luxueuses conditions au contact de l'envahisseur, bas de soie, restaurants, soirées dansantes… Pendant ce temps-là, le reste de la population a manqué de tout, quand il n'a pas été persécuté ! Fini leur train de vie ! Peu importe si elles ont partagé de véritables histoires d'amour, si elles n'ont jamais donné les noms de juifs ou de résistants. Elles ont couché avec l'oppresseur, elles ont offensé la France, déjà rabaissée par sa défaite ! Elles vont le payer !

Il faut à tous ces gens un exutoire à leurs souffrances et leurs privations. La tonte n'est que justice ! Ces *paillasses à Boches*, comme les appelle parfois la presse, n'ont que ce qu'elles méritent !

Parmi ceux qui manient la paire de ciseaux, Léonie aperçoit Norbert Michaud, qu'elle a croisé une ou deux fois en allant chercher des papiers au commissariat. Oui ! C'est bien lui et *son visage de fouine*, comme elle se plaît à le dire à Julien.

Elle sait que la police est au comble de l'agitation, et qu'au moment propice, des policiers en résistance sont passés à l'action. Julien en fait partie. *Mais pas Michaud, trop couard pour se battre !*

Comme d'autres collègues, il va éviter de se faire remarquer. Il va se noyer dans les mouvements de libération qui embrasent le pays, et faire semblant d'agir pour se poser ensuite en défenseur de la nation.

Quoi de mieux que d'être membre d'un comité d'épuration ?

Les femmes sont regroupées. C'est alors que Léonie reconnaît l'une d'entre elles. Et cette fois, leurs regards vont réellement se croiser. Annabelle a le temps d'apercevoir de l'effroi dans les yeux de son amie d'antan. Elle aurait presque envie de lui sourire, pour la rassurer. *N'aie pas peur ! J'y survivrai ! Je m'y étais préparée.* Mais il ne faut pas. Léonie serait alors jugée, elle aussi.

L'une de ces femmes tondues tient un bébé dans ses bras. Elles sont exhibées ensuite sur un perron, où l'on accroche une pancarte autour du cou de chacune. On peut y lire les mots « raclure nazie ». Puis on les fait descendre pour qu'elles se hissent sur une charrette, et soient promenées et moquées à travers la ville. L'atmosphère festive dissimule la violence des règlements de comptes.

Alors, Léonie s'éloigne. Elle remonte sur son vélo, et se met à rouler à toute vitesse. Elle ne voit pas la route, tellement elle pleure et enrage.

– 43 –

Rentrée chez elle, Léonie prend conscience de ce à quoi elle a assisté. Elle se sent seule. D'autant plus seule que ses filles sont reparties en vacances chez son oncle, et que Julien n'est pas visible. Les événements le commandent.

Tout s'est emballé il y a quelques mois.

— Léonie, il faudra peut-être que je disparaisse un moment. Surtout, ne me pose pas de questions. Il vaut mieux que tu en saches le moins possible. Tu te souviens de la lettre de dénonciation ? Je suis sur une liste de la Gestapo. J'ai évité l'arrestation grâce à un contrôleur des postes, mais les Allemands ne me lâcheront pas. Tu peux en être sûre. Tu devrais rejoindre les filles chez ton oncle ! Ça te ferait du bien !

Il ne lui a pas dit que, jusqu'à maintenant, il fournissait divers renseignements à la Résistance, par personnes interposées, par exemple au sujet des déplacements des troupes d'occupation, délivrait de faux papiers à ceux qui étaient réfractaires au service du travail obligatoire en Allemagne, et à des prisonniers en fuite ; ou encore qu'il donnait des cartes d'alimentation pour les maquisards, et avertissait ces derniers en cas d'expédition répressive contre eux.

Elle est donc partie rejoindre les filles pour sa quinzaine de congés. Elle est juste revenue quelque temps pour récupérer des affaires chez elle. Et c'est en chemin qu'elle a assisté au spectacle des femmes tondues. Une vision insupportable.

Elle imagine ce qu'on lui dirait :

— Qui êtes-vous pour condamner ainsi les actes commis ? Vous ne savez pas ce que c'est que de découvrir que votre concierge a dénoncé la famille juive qui habitait dans l'immeuble d'à côté et qu'elle a passé toute cette période à ouvrir régulièrement sa table aux soldats allemands, tandis que beaucoup ne parvenaient pas à nourrir leurs enfants ! Et cela, mois après mois, le sourire aux lèvres ! Oui, vous êtes écœurée à l'idée que l'on puisse raser la chevelure des femmes, cela vous paraît monstrueux, mais il faut comprendre la colère qui anime ceux qui veulent se venger de ces années de souffrance ! Il n'y a plus de raisonnement, d'empathie…

Léonie voudrait ne pas avoir à comprendre. Elle s'empresse de regagner le refuge de sa terre natale.

– 44 –

Les deux fillettes voient revenir leur mère en fin de journée, épuisée et ébranlée. Elle explique à son oncle ce à quoi elle a assisté. Sa voix trahit son émotion. Elle parle avec véhémence :

— La ville est libre, mon oncle ! Je devrais m'en réjouir, mais trop de choses se bousculent dans ma tête. J'ai assisté à des scènes d'une grande violence. Les souffrances de ces dernières années se sont accumulées à un tel point que les gens en oublient de réfléchir. Leur conduite en devient odieuse, aussi odieuse que celle de ceux qui nous ont opprimés ! Mais je sais qu'il m'est facile de juger les autres : peut-être que si j'avais eu, moi aussi, des conditions de vie exécrables, j'aurais fait partie de cette foule déchaînée ! J'aurais cherché à faire mal, à me venger. Personne ne sait ce dont il est vraiment capable ! Si tu savais comme je te suis reconnaissante de tout ce que tu as fait pour nous, oncle Théophile ! Ta générosité nous a permis de survivre ! Si nous nous en sommes sortis, c'est en partie grâce à toi !

— Ce n'est pas grâce à moi, Léonie. Tout est dû à la terre, dont les bienfaits sont quotidiens. Je te l'ai toujours dit, mais tu n'as rien voulu entendre, à l'époque.

— Je sais.

Léonie reste silencieuse quelques instants, puis reprend :

— Mais ça n'a pas été facile non plus pour toi ! Les Allemands se sont bien servis pendant qu'ils étaient là ! Vous avez dû ruser pour vous en sortir, vous avez donc pris des risques ! Pour te consoler, dis-toi que j'aurais fait une fort mauvaise épouse d'agriculteur. J'aime mon travail en ville. Quand l'existence aura repris son cours normal, j'y serai heureuse à nouveau. En tout cas, je ne vous remercierai jamais assez pour tout ce que vous avez fait et continuez de faire pour nous, Aimée et toi !

Aimée apparaît à ce moment-là avec l'aîné de ses fils, Paul.

— Et Julien ? demande-t-elle à Léonie.

— Je ne sais pas où il se trouve. Il fait partie des policiers entrés dans la Résistance.

Paul intervient :

— J'étais en ville hier ! J'ai voulu assister au départ de ces fumiers de Teutons !

— Je lui avais conseillé de ne pas y aller. Il aurait pu prendre une balle perdue ! Mais rien à faire ! Une vraie tête brûlée !

— Écoute, maman ! J'ai bientôt 17 ans ! Si la guerre avait duré, je serais entré dans le maquis !

Théophile, d'habitude si calme, s'insurge en entendant les mots de son fils :

— Pour te faire trouer la peau ? Venir gonfler le nombre de morts pour des pays qui seront prêts à remettre ça dès que l'occasion s'en présentera ? J'ai vu la guerre de près ! J'en ai goûté l'horreur jusqu'à en vomir ! On nous a dit qu'on ne verrait plus jamais ça. Pour quel résultat ? Les hommes se sont de nouveau entre-tués et les femmes ont une fois de plus enterré leurs maris ou leurs fils. De tous les côtés, il y en a qui attendent dans l'angoisse le retour de l'être aimé. Mais qu'est-ce que les hommes ont dans la tête ?

— Là, c'est différent ! On a été envahis ! On ne peut pas rester sans rien faire quand on est dépossédé de son pays ? Moi, je refuse de me laisser passivement botter le cul pendant des années !

— Vous n'allez quand même pas vous quereller ! s'écrie Aimée.

— Non ! Mais même si je comprends Paul, j'avoue que je suis heureux de l'avoir conservé à mes côtés. Je sais que trop de gens, en haut lieu, décident du sort de milliers d'anonymes qu'ils envoient mourir au nom de leurs propres idéaux. Je l'ai vécu, alors je sais de quoi je parle !

— En tout cas ! Je peux vous dire qu'en ville ça canarde ! Il y a des tas de règlements de comptes ! Je sais qu'un homme a été abattu en tenue de milicien au moment de son arrestation, après avoir tiré à la mitraillette sur la police, à son domicile où il se cachait.

Cela évoque immédiatement à Léonie le voisin d'angle de sa rue.

Des comme lui, elle sait qu'il doit y en avoir un grand nombre. Et ceux-là, elle ne les plaint pas.

Elle songe aussi à son mari, sans doute chargé d'arrêter les collaborateurs, exposé à des dangers.

— Les Allemands ne peuvent plus rien contre moi. Il faut que je rejoigne Julien. Si vous n'y voyez pas d'inconvénient, nous viendrons rechercher les filles dans une quinzaine.

— Ce n'est pas un problème, Léonie.

— C'est vrai ? On peut encore rester ? demande Laurette.

— Moi, j'aimerais quand même bien revoir papa ! s'exclame Eugénie.

— Bientôt, ma chérie. Mais il faut d'abord qu'on s'organise. Les journées ont été difficiles. Elles le sont encore. Je reviens avec lui dans peu de temps. Allez rejoindre vos cousins. Ils vous attendent pour la traite des vaches !

Aimée est en chemin pour l'étable où l'attendent les bêtes.

— Aimée, je veux te remercier pour tout ce que tu fais pour les enfants. Je sais ce que tu penses de moi.

— Mais…

— J'ai bien conscience de n'avoir pas toujours été facile dans ma jeunesse ! Et je ne le suis toujours pas. Demande à Julien ! Je crois que si c'était à refaire, je ne changerais rien à mes décisions. Je suis beaucoup plus une fille des villes. Mais au lieu de tout vendre, même si je sais que mes terres sont en de bonnes mains, je pense que j'aurais pu en garder quelques parcelles pour les faire exploiter, et en retirer quelques bénéfices. Dans l'intérêt de mes enfants. Mais on manque parfois de jugeote lorsqu'on est jeune ! Je n'ai jamais fait part de ces regrets à mon oncle Théophile. Ce qui est fait est fait ! Et je sais que le travail de la terre est ce qui l'anime au quotidien, alors je me dis que je participe à son bonheur ! Alors merci d'accepter cette charge supplémentaire, Aimée !

Cette dernière ne sait trop quoi lui répondre.

— Ce n'est pas une charge. Tes filles sont adorables. Bon ! Les enfants m'attendent pour la traite. En plus, j'ai demandé à mon aîné de s'occuper d'Agathe. Je te laisse.

Sans être tendue, leur relation n'est jamais très aisée. Aimée sait seulement ce qu'elle dira à son mari :

— Ta nièce ne regrette rien, mais elle dit en même temps qu'elle se repent de sa décision passée, qu'elle n'aurait pas dû céder toutes ses terres. Elle est plutôt compliquée, tu ne trouves pas ?

Elle imagine déjà son hochement de tête.

Au moment où Léonie s'apprête à remonter sur son vélo, elle dit à Aimée :

— Je dois voir Lucie, avant de repartir.

— Léonie, il faut que tu saches qu'elle ne va pas bien. Dans sa dernière lettre, Henri lui a appris qu'il avait eu une histoire d'amour avec une des employées de la ferme où il était détenu. Il ne pouvait pas revenir sans lui en parler. Un enfant est à naître de cette liaison.

– 45 –

Pas de pleurs, cette fois. Lucie accueille Léonie sans rien laisser paraître de ses sentiments.

— Je suppose que tu es au courant ! dit-elle à son amie.

— Aimée m'en a touché deux mots.

— Je ne vais pas dire que je ne ressens rien. Sa lettre m'a fait mal, très mal, Léonie. Je lui suis restée fidèle pendant ces cinq longues années. Et lui n'a rien trouvé de mieux que d'engrosser une Allemande !

Elle jette toute sa haine dans ces derniers mots.

— Mais cela n'a plus d'importance. Son bâtard n'existe pas pour moi ! Henri va revenir vers ses vrais enfants, et tout reprendra comme avant. Il m'a promis de ne plus aborder le sujet. Regarde, c'est dans sa lettre !

Mais Léonie ne veut pas prendre connaissance du contenu de la missive envoyée par Henri.

— Je préfère ne pas la lire, Lucie. C'est trop intime.

— Alors je vais te lire ses derniers mots : *je te promets de ne plus avoir de contacts avec cette femme qui n'est rien pour moi, et dont je ne veux pas connaître l'enfant.*

Léonie ne sait pas que Lucie est à l'origine de cette promesse. Elle a imposé une condition au retour de son époux parmi eux.

La douce Lucie que Léonie a connue dans l'enfance n'est plus. Le conflit du moment va la rendre insensible aux souffrances d'autrui. Elle voudra ignorer celles d'une femme dont l'enfant n'aura pour père qu'un fantôme. Un petit garçon ou une petite fille de la honte, qui ne connaîtra, au début de sa vie, que les pleurs de sa mère, que les moqueries de ses camarades.

Peu lui importe ! Elle a versé trop de larmes elle-même pour s'attendrir sur le sort d'une femme qu'elle ne rencontrera jamais.

— J'ai eu mon lot pendant ces cinq années ! J'ai mené la ferme seule, à faire des travaux souvent épuisants ! Mais mon attachement pour lui n'a jamais faibli, et j'ai trimé sans arrêt ! J'aurais pu, moi aussi, le tromper ! Si j'avais eu des relations avec un Allemand, j'aurais eu du bon temps, je n'aurais manqué de rien, et…

— Pour te faire tondre en place publique comme j'ai pu le voir en ville ?

Léonie regrette déjà ses mots. Elle s'approche de Lucie pour l'embrasser. Celle-ci reste muette. Puis se ressaisit.

— L'important, c'est qu'il nous revienne. Ce qui s'est passé là-bas va disparaître de nos mémoires.

Léonie en a assez vu et entendu pour la journée. Elle reprend sa bicyclette, et s'en retourne vers la ville, bouleversée. Elle assiste à l'évolution chaotique de l'existence de ses amies, et se sent impuissante.

D'autant plus qu'elle a appris que son receveur avait été grièvement atteint lors d'un échange de tirs. Il est mort de ses blessures au bout de plusieurs jours.

Âgé d'une cinquantaine d'années à la déclaration de la guerre, et veuf depuis dix ans, il menait une vie sans remous apparents. Il ne parlait jamais des événements du moment. Il les subissait, comme tous. Ses employées imaginaient qu'il avait dû participer au premier conflit mondial. Mais ce n'étaient que des suppositions. Il n'avait jamais révélé quoi que ce soit de son passé, hormis le décès accidentel de son épouse lors d'une baignade dans une rivière. Et encore, il avait fallu qu'on le questionne pour tenter d'expliquer son mal-être le lendemain de l'enterrement.

Le voilà à présent enseveli auprès de sa femme.

Personne ne ressortira indemne de ce conflit. Rien ne sera jamais plus comme avant.

Mais cela n'empêchera pas de chanter en chœur :

« C'est une fleur de chez nous,
Elle a fleuri de partout,
Car c'est la fleur du retour,
Du retour des beaux jours.
Pendant quatre ans dans nos cœurs

Elle a gardé ses couleurs,
Bleu, Blanc, Rouge,
Elle était vraiment avant tout
Fleur de chez nous. »[31]

[31] *Fleur de Paris*, Maurice Chevalier, 1944.

– 46 –

Un jour d'octobre 1944, Gilbert est avec Jeannot.

Il lui parle de son grand cousin Baptiste, qui s'est engagé le 26 août.

— Mais qu'est-ce qu'il faisait, avant de s'engager ? lui demande Jeannot.

— Il était apprenti à la Société générale de bonneterie de la ville, section mécanique, là où sont conçus les métiers de bonneterie. Ce veinard ! On lui a, un jour, remis gratuitement quelques paires de bas rayonne. Il a pu les offrir à sa mère. Ça ne vaut pas les bas de soie, mais c'est mieux que rien ! C'est sa mère qui l'a raconté à la mienne. Parce que la mienne était obligée de dessiner la couture des bas derrière ses jambes, quand elle voulait être un peu coquette ! Avant ça, il était rattaché à un ouvrier bonnetier qualifié. Il était son *cafard*, chargé de remplacer les bobines, de veiller au bon déroulement de la machine… Mais comme ça n'allait plus trop chez lui, parce que sa mère, devenue veuve comme sa sœur, s'était mise en ménage avec un gars qui ne le supportait plus, Baptiste a décidé de mettre les voiles. Et le type en question, devine ! Depuis, il est parti ! Baptiste aurait peut-être dû attendre… Il a préféré s'engager. Tu sais ce qu'il m'a dit un jour ? Que les Allemands étaient arrivés une fois à l'usine pour réquisitionner les plus jeunes, afin de déblayer les ruines d'un bombardement qui avait touché un centre SNCF. Alors, camions, pelles, pioches, aucune discussion possible ! Ce jour-là, Baptiste a dû travailler au milieu des vestiges d'un dock de l'Union française. Il a découvert une bouteille de rhum Negrita, plus un kilo de sucre ! Tous les deux impeccables.

— Ça alors ! Qu'est-ce qu'il en a fait ?

— Il les a dissimulés et rapportés chez lui !

— Elle a de la chance, ta tante !

— Tu parles ! Et j'te raconte pas la fois où il a trouvé une morille gigantesque au pied d'un prunier !

— Elle y a aussi eu droit ?

— Oui ! Même qu'ils en ont fait une omelette ! Mais en attendant, il est à l'armée ! Et figure-toi qu'il s'est fait voler le vélo avec lequel il pouvait aller de la caserne à la maison familiale, pour être de retour dans les temps. Un vélo qu'il avait acheté avec des sous économisés pendant qu'il étudiait à l'atelier-école d'une usine, et qu'un ancien ami de son père avait pu lui obtenir après des tractations inimaginables ! C'était dramatique pour lui que de ne plus en avoir ! Il l'a cherché pendant des jours, mais ne l'a jamais retrouvé ! Il l'avait monté dans sa chambre, et ça s'est passé pendant son sommeil. Tu te rends compte ?

— C'était son premier ?

— Non ! Son père, avant-guerre, était spécialisé en mécanique auto, moto, vélo. Il démontait et remontait intégralement son moteur. Il a même tenu un magasin de cycles et accessoires. Eh bien, il a fabriqué la première bicyclette de Baptiste quand celui-ci a eu 8 ans. Il avait gardé un cadre Thomann, fait d'acier léger, réputé à l'époque.

— Dis donc ! Il aurait pu faire partie de l'équipe française de cyclisme. Il aurait porté un maillot orange à bande blanche !

— C'est vrai, ça ! Sur ce cadre, il a fixé des roues, une selle, un guidon, un pédalier, des freins… Il l'a peint d'une couleur verte, un vert tendre, printanier, celui des premières feuilles ! Il paraît qu'une fois sur la selle, ses pieds touchaient les pédales, mais pas le sol ! Je sais, c'est lui qui me l'a raconté, qu'avant ça, il avait pris l'habitude de conduire celui de sa tante. Celui-là avait un cadre en col-de-cygne, et un carter fermé, avec un bain d'huile dans lequel la chaîne était graissée en permanence.

— T'en connais des choses ! Tu pourrais monter un magasin de cycles, toi aussi !

— Et pourquoi pas ? En tout cas, d'après ce qu'il dit, être troufion n'est pas toujours drôle. Alors, il s'est porté volontaire pour être envoyé dans une caserne de préparation au grade de caporal. Il dit qu'il veut faire autre chose que monter la garde par tous les temps, et éviter le stationnement dans le froid ! J'le comprends !

Les deux garçons se racontent la guerre à travers ce qu'ils apprennent de Baptiste.

— Aujourd'hui, ma mère a eu des nouvelles par sa sœur. Dans une lettre, il lui dit qu'il a trouvé un moyen de fêter son anniversaire. Il va avoir 18 ans. Il a acheté un lapin en prévision de l'occasion. Celui-ci est élevé à la caserne, et nourri avec ce qui peut être récupéré des épluchures : carottes, choux…

***

Les deux jeunes se retrouvent quelques jours plus tard.

— Alors ? Le lapin ?

— Il a été tué le jour J, et cuit sur le poêle de chauffage de la chambre. Baptiste aime cuisiner et se charge de préparer les repas du groupe. Il aimerait être un jour cuistot sur un paquebot pour faire le tour du monde !

— J'aimerais ça, moi aussi ! répond Jeannot.

— Dis donc ! Ça ne te dirait pas de partir faire une virée à vélo pour aller chercher des escargots ?

— Pourquoi pas ? Mais on fait vite, car la journée est déjà bien avancée !

Les deux garçons enfourchent leurs vélos. Jeannot, grand et très mince, les cheveux bruns crantés, et son copain Gilbert, aussi grand, mais plus charpenté, la chevelure blonde et courte. Arrivés sur le lieu de leur choix, ils se mettent en quête de leur future fricassée.

— Ça fait trois heures qu'on tourne, et on ne trouve rien du tout ! grommelle Jeannot.

Le soleil commence à décliner. Il vaut mieux qu'ils rebroussent chemin.

La faim les gagne soudainement. Ils font une pause à mi-parcours pour partager le peu de chocolat dont Gilbert dispose.

— C'est la ration d'une fille qui est amoureuse de moi ! Elle me l'a donnée !

— C'est mieux que rien. Mais ce n'est pas folichon : regarde-moi cette espèce de gélatine blanche sucrée, enrobée d'une très fine couche de chocolat !

Jeannot se met à rire.

— Qu'est-ce qui t'amuse ? lui demande Gilbert.

— Je repense à deux trois choses d'autrefois ! Notamment ce que j'avais demandé à la femme d'un copain de mon père, et à sa réponse. Elle était enceinte. J'étais môme. J'ai voulu savoir si elle était malade. Elle m'avait répondu qu'elle avait mangé trop de bougies !

— Mais pourquoi tu y penses tout à coup ?

— Parce que je l'ai revue récemment, et que les bougies étaient une petite fille de 7 ans !

— Elle est bonne, celle-là !

— Et tu te souviens de la première année de la guerre ? On s'était amusés, une fin d'après-midi, à lancer des marrons contre les gens qui passaient dans notre rue sur leur vélo ? On se planquait dans des buissons. On attendait qu'ils soient à hauteur, et on les visait. On les entendait grogner et jeter des coups d'œil de tous côtés, pour comprendre d'où cela provenait ! Un jour, un type est arrivé à notre hauteur, et je me préparais à le viser. Mais tu le connaissais bien. Tu t'es alors écrié : « Pas monsieur Pignol ! Non ! Pas monsieur Pignol ! Pas lui ! ». Mais j'ai quand même tiré ! Alors, il est descendu de bécane, et, pendant que je m'enfuyais, il s'est rué sur toi, statufié. Je pouvais t'entendre gémir : « C'est pas moi, M'sieur ! C'est pas moi, j'vous jure ! C'est Jeannot ! ». Il te traînait par l'oreille, et tu continuais à pleurer en disant : « Jeannot ! Dis-lui que c'est toi ! Dis-lui que c'est toi ! ». Quand il a entendu mon nom, tu te souviens de ce qu'il a crié ?

— Jeannot, puisque c'est toi, j'attends que tu viennes t'excuser ! Autrement, j'en parle à ton père !

— Mon père n'avait jamais levé la main sur moi, mais je le craignais. Alors, le lendemain, je suis allé chez lui. Il était occupé à tailler un arbuste, juché sur une échelle. Je suis resté à vingt mètres et je lui ai murmuré : « Je m'excuse ! Je m'excuse ! ».

Tous les deux se mettent à rire aux éclats.

— Bon ! Il faut y aller ! Après, ma mère s'inquiète ! ajoute Jeannot. Pourtant, j'ai passé l'âge qu'on se fasse du souci pour moi à chaque sortie !

Il s'élance, suivi par Gilbert.

Ils connaissent cette partie de la campagne par cœur.

— Ne t'inquiète pas ! On sera rentrés bien avant la nuit ? Ça me fait penser à mon cousin Baptiste ! dit Gilbert. Je ne t'ai jamais raconté comment une fois il avait été verbalisé pour défaut d'éclairage par des feldgendarmes. Leurs colliers de chien brillaient sous la lumière de la lune.

— Tu en fais presque des héros romantiques !

Encore une demi-heure à pédaler, et les voilà arrivés. La fatigue se fait sentir. Ils sont, qui plus est, bredouilles et affamés !

— Je n'ai rêvé que d'une chose pendant tout le trajet : d'un plat de nouilles ! dit Gilbert à Jeannot, tandis qu'ils descendent de leurs bicyclettes.

Chacun s'en retourne chez soi à la hâte. Gilbert devra se contenter de feuilles de chou-fleur accommodées avec du lard !

– 47 –

Eugénie est sur un petit nuage. Jeannot va enfin découvrir sa campagne, la terre de ses ancêtres ! Ils sont partis à vélo en compagnie de Julien. Il y a juste ce qu'il faut de douceur dans l'air pour leur faire apprécier la randonnée.

Une fois là-bas, elle s'empresse de présenter ses deux cousins et sa cousine à Jeannot. Puis elle les entraîne vers ce qui fut la ferme de ses grands-parents, Louise et Henri.

— Mais tu m'as dit que tu portais le prénom de ta grand-mère !

— Oui ! Son deuxième. Maman s'est retrouvée orpheline très jeune, à cause de la grippe espagnole pendant la Première Guerre. C'est en son souvenir.

— Et ton grand-père ?

— Ma grand-mère est décédée peu de temps avant qu'il revienne de la guerre. Il a été incapable de s'en remettre et de s'occuper de ma mère. Elle a été élevée par le frère de sa maman, oncle Théophile.

Théophile est au même moment en train de se recueillir sur la tombe de Gustave Fauvier. Il n'y a pas un jour où il ne pense pas au vieil homme, retrouvé mort sous sa fenêtre de chambre.

« Le visage apaisé, comme si un sourire s'était esquissé au dernier moment. Le père Fauvier a quitté à jamais le seul endroit qu'il ait jamais connu. Son enterrement se déroule trois jours après son décès. Le ciel a pris la couleur de la cendre que l'on ramasse le lendemain d'une flambée. »[32]

Il se revoit de retour de son camp de prisonniers, après l'Armistice de 1918.

Non ! Rien n'a changé. Il y a toujours des hommes plus ou moins sensés, qui, dans les sphères dirigeantes, se chargent de modifier les frontières, de se

---

[32] *Terres pouilleuses.*

débarrasser des populations qui encombrent les territoires convoités, ou manifestent des opinions contraires aux leurs ! Alors, ce sont de nouvelles folies meurtrières ! On envoie les plus humbles se faire massacrer ou emprisonner au nom de ces gens-là !

Gustave Fauvier, son père adoptif, partageait ses idées. C'est lui qu'il entend dans ses pensées.

– 48 –

Quelques mois passent.

— Tiens ! J'ai apporté la dernière lettre de Baptiste. On est bien contents, parce qu'on n'avait plus de nouvelles ! Ma tante a bien voulu que je la prenne pour te la lire. Mais faut qu'j'y fasse attention !

« Maman,

Je sais que je ne t'écris pas aussi souvent que tu le souhaiterais, mais ce n'est pas tous les jours facile.

Voici ce qui s'est passé depuis mon anniversaire.

Je n'ai pas eu le temps de devenir caporal. Un peloton a été formé et a reçu l'ordre de se rendre dans les Ardennes. Nous étions nombreux à ne pas vouloir être sous les ordres d'anciens officiers rappelés après être restés planqués jusqu'ici. Sais-tu comment on les surnomme ? Les naphtalinés ! Parce qu'ils ont conservé leurs uniformes dans de la naphtaline depuis la défaite de 40 !

J'ai participé à la protection du général Kœnig. Même qu'il m'a serré la main après m'avoir demandé mon âge !

Peu de divertissements, là-bas, hormis le bistrot, le soir. Il faut que je vous raconte qu'une fois, j'ai croisé, lors d'une sortie dans un bar, un soldat âgé d'au moins 30 ans. Il était très beau et il avait une voix magnifique. Inutile de vous dire qu'il séduisait les filles, surtout lorsqu'il imitait Georges Guétary et se mettait à chanter Robin des bois ! J'étais vraiment envieux !

Mais je n'ai pas eu le temps de m'appesantir là-dessus, car il y avait la bataille, avec les Allemands sur le point de la gagner. Ils étaient nombreux en hommes, et ils avaient une grande quantité de tanks. La neige et le brouillard empêchaient toute attaque aérienne capable d'aider l'avancée des Américains, qui reculaient devant l'ennemi. Et beaucoup y ont perdu la vie. Heureusement, au bout d'une semaine, le brouillard s'est dissipé, et le soleil a permis le décollage des avions. Ce qui a mené à la victoire.

Il faut que je vous raconte comment, au même moment, j'ai fait partie d'un groupe "ranger", équipé à l'américaine, envoyé derrière la ligne de bataille. On était chargé du quadrillage de certains secteurs pour traquer d'éventuels parachutistes allemands déguisés en Américains, et capables de parler leur langue comme s'ils étaient natifs du pays ! D'ailleurs pour les piéger, les Américains leur posaient des questions auxquelles seuls les vrais natifs des USA pouvaient répondre !

On avançait dans le silence le plus total, en lignes, alternant un caporal et deux hommes, plusieurs fois sur une même rangée. Les lignes progressaient en s'éloignant les unes des autres à travers la forêt. Tout à coup, j'ai entendu un craquement. J'ai mis mon paquetage au sol, et j'ai pointé mon arme en direction du bruit. L'attente m'a semblé longue. Et soudain, j'ai aperçu une silhouette, debout, armée, qui regardait à droite et à gauche. J'ai cru reconnaître mon lieutenant. J'ai eu juste le temps de l'appeler. Je peux t'assurer qu'il l'a échappé belle, car j'étais prêt à faire feu, et tu sais que je suis très bon tireur. Souviens-toi des tirs à la carabine des fêtes foraines !

En février 1945, j'ai été stationné en Lorraine, à la frontière, afin de filtrer les Allemands qui auraient souhaité regagner leur pays incognito, et échapper ainsi à la justice militaire. C'est ainsi que, de mars à mai, j'ai été occupé à garder les prisonniers militaires allemands.

Les soldats français ont été pris en main par les Américains, qui nous ont fourni un meilleur équipement militaire que celui que nous avions. Quand j'y pense ! Au début de la guerre de 1914, les soldats avaient des pantalons rouges comme en 1870. Pour celle de 1940, les gradés, ceux qu'on surnomme les officiers "naphtaline", auraient presque voulu nous faire porter des bandes molletières comme pendant la Première Guerre !

Comme notre bataillon se trouve au même endroit que les Américains, ceux-ci nous donnent le matériel adéquat. C'est une caserne avec plusieurs bâtiments, dont l'un d'entre eux est un local yankee.

Le problème, c'est la nourriture. J'en ai assez de manger des petits pois "mitraillettes", aussi durs que des cailloux. J'ai décidé, l'autre jour, d'aller au réfectoire américain pour récupérer les restes non utilisés par les soldats.

J'ai rapporté tout ce que je pouvais dans des bouteillons. Tu peux croire que j'étais attendu impatiemment par mon groupe d'une dizaine d'hommes, heureux de manger du maïs en sauce, des pommes de terre...

Une autre fois, à Forbach, comme la faim nous tenaillait en permanence, j'ai décidé, un soir, de me rendre au mess des officiers pour réclamer de la nourriture de meilleure qualité. Tu connais ma forte tête !

Ça n'a pas été apprécié par les supérieurs, mais, quand ils ont vu le contenu de mon assiette, une vache a été tuée dès le lendemain, et rapportée sur le capot d'une Opel. La voiture ployait sous le poids de l'animal, mais on a eu de la viande pour plusieurs jours.

Je me trouve maintenant à Sarreguemines, où j'ai vraiment été nommé caporal. Je vais y encadrer de futurs gendarmes.

Je viens d'apprendre la fin de la guerre. Je n'ai pas pu m'empêcher de tirer un coup de fusil en l'air en direction de l'Allemagne ! On les a bien eus ! Mais je suis triste de savoir que Roosevelt est mort avant de connaître la victoire...

J'imagine que ça a dû être la liesse partout, avec des bals, des drapeaux. Les cloches ont dû sonner, comme ici ! Sans parler des défilés et des discours ! Avec, parmi tous les soldats, des prisonniers qui avaient quitté l'uniforme au moment de la déroute pour regagner leurs foyers, mais n'ont pas hésité à le reprendre à la libération pour se mêler aux troupes combattantes !

Bon ! Je vais te quitter maintenant. Je t'embrasse fort, ainsi que toute la famille.

Ton fils Baptiste. »

La lettre est soigneusement repliée et Gilbert la range à l'intérieur de la poche droite de sa veste.

Les deux garçons sont à présent deux grands adolescents. Cinq années noires viennent de les sortir définitivement du cocon de leur enfance.

– 49 –

Baptiste est de retour.

— Qu'est-ce que vous devenez, les amis ?

— On se sent mieux maintenant que les Boches ont quitté la ville !

— Oui ! Ces salauds ont bousillé la vie de tas de gens ! Quand je pense que certains étaient prêts à faire copain-copain avec eux !

— Tu peux nous parler de ce que tu as fait, tous ces mois écoulés ? On a souvent pensé à toi, et toutes tes péripéties nous ont bien divertis !

Baptiste leur raconte ce qui s'est passé depuis sa dernière lettre.

— À Sarreguemines, le régiment a été dissous. J'ai alors été envoyé à Cannes. Le conflit était fini, mais j'avais mon service militaire à terminer ! Je me souviens du trajet au cours duquel des soldats ont essayé de prélever de la nourriture sur des trains restés à quai. Parce qu'on avait tout le temps faim. Mais ce qui m'a surtout marqué, c'est l'arrêt sous un tunnel pendant un long moment. J'avais l'impression que j'allais mourir asphyxié à cause de la fumée toxique de la locomotive. Et je n'étais pas le seul ! J'ai mis des semaines à m'en remettre. Une fois à Cannes, j'ai été enrôlé avec des soldats basques, algériens… Puis on nous a renvoyés dans le Nord-Est. Je me suis enfin retrouvé stationné à Baden-Baden, avant d'être démobilisé le 30 novembre 1945, date de mon retour à la vie civile. Mais il m'en est arrivé une belle, juste avant de connaître la quille ! Il fallait que je me rende de Baden-Baden à une autre ville. On nous avait répartis dans des wagons qui contenaient chacun une quinzaine d'hommes. De temps à autre, il y avait des arrêts. Nous en profitions pour ouvrir les portes et nous aérer, fumer une clope… C'était le soir, et alors que j'étais debout devant un quai en contrebas, un troufion s'est avancé vers notre wagon pour me demander s'il ne pourrait pas se joindre à nous pour passer la nuit. J'ai demandé aux autres de se serrer pour le laisser grimper. Il s'est allongé dans un coin pour dormir. Au petit matin, quand je me suis réveillé, le sac posé à côté de mon barda utilisé en guise d'oreiller avait disparu ! Et le bidasse accueilli également !

— Comment ont réagi les autres soldats ?

— J'n'en ai surtout pas parlé ! Je me sentais trop con d'avoir fait confiance à un inconnu.

— Qu'est-ce qu'il y avait dans ton sac ?

— Des savonnettes, une veste et des souliers américains ! Imaginez une belle paire de brodequins en cuir marron, à la semelle caoutchoutée, bien différents de nos lourds souliers militaires ! Il y avait aussi des paquets de cigarettes ! J'ai fait une croix dessus, et ça m'a appris à être plus méfiant !

— N'empêche ! Tu dois être heureux de revenir à la vie normale ! lui dit Jeannot.

— J'dois dire que oui. Mais je crois que je ne pourrai jamais décrire ce que j'ai ressenti quand les Allemands ont été définitivement vaincus. La chape de plomb s'est désagrégée, ces *saloperies de vert-de-gris* n'allaient plus nous donner d'ordres !

— Grâce aux Américains !

— Oui ! Les Américains !

Mais il ne semble pas y avoir que de la satisfaction dans la voix de Baptiste.

– 50 –

Certes, les Américains sont venus aider les Français et ont précipité la défaite allemande. Mais il y a des jours où Baptiste ne les supporte plus.

Les GI organisent régulièrement des après-midi dansants. Et les jeunes Françaises sont nombreuses dans les files d'attente, à guetter l'arrivée des bus kaki vitrés de l'armée américaine. C'est qu'ils sont si beaux, leurs sauveurs, dans leurs tenues de sortie. Nombreuses sont les femmes qui espèrent partir outre-Atlantique ! Alors, danser sur la musique de Glenn Miller ou Cole Porter, comment résister ?

Les Français font grise mine, car ils ne sont pas admis. Il y a de la rancœur chez ces jeunes hommes ignorés en raison du rêve américain. Ils ont le sentiment de ne plus rien valoir. Mais comment lutter contre des orchestres, des cigarettes, des bas en nylon, des dollars et la prestance de l'uniforme ?

D'ailleurs, la fille d'une voisine de Léonie fréquente un Américain.

— Je crois que c'est sérieux ! lui a expliqué la mère de la jeune femme.

— Je vous le souhaite ! Car certaines vont déchanter quand elles découvriront que leur cher et tendre est déjà marié !

Mais ce qui déplaît aussi à Baptiste, c'est la façon dont un gang de GI fait du business sur le marché noir. Ils ont monté un vrai trafic en volant leurs propres approvisionnements.

— Ils bloquent pour cela les camions qui acheminent leurs denrées, revendent les produits à des intermédiaires, qui les cèdent à leur tour à des grossistes. Ce n'est qu'après toutes ces transactions, que la nourriture arrive en magasin, devant lequel la file d'attente est toujours extrêmement longue.

Avec leur venue, il y a eu un immense espoir de retrouver une vie normale. Or, certains Américains profitent de la pénurie des denrées, et le rationnement est loin d'être terminé. Force est de constater que le départ des Allemands ne signifie pas la fin des ruptures de stock. Et les gens vont supporter de plus en plus difficilement les longues files d'attente dues aux restrictions. Quitte, parfois, à en venir aux mains.

— C'est quand même pas croyable ! Les tickets de rationnement sont remis au goût du jour !

— C'est à cause de tous ces bombardements ! Ils ont détruit les gares, les routes, les ponts !

— Oui ! Et on manque de camions, de trains, d'essence ! On manque de tout ! Comment voulez-vous que les marchandises arrivent. Cinq ans de guerre, et on retombe dans la même galère ! Dites ! J'étais là avant vous !

— J'ai entendu dire que des paysans acheminent du bétail à pied depuis les campagnes !

— Ça va être, à coup sûr, le retour du marché noir !

Tout est loin d'être résolu !

Mais l'époque a cependant le mérite de permettre à Léopold et sa fille Léonie de se rencontrer.

C'est au moment où la foule en liesse célèbre la fin du conflit qu'ils se retrouvent par hasard. Il semble vieilli à Léonie, presque souffrant.

— Et Flora ?

Il baisse les yeux avant de répondre. Visiblement, la question le gêne.

— Elle est partie… avec les Allemands.

– 51 –

De retour de la Première Guerre, Léopold, avait été dans l'incapacité d'éduquer seul Léonie, alors âgée de 6 ans. Il lui fallait se remettre du traumatisme des combats, conjugué à celui du décès de son épouse, Louise.

L'homme brisé qu'il était avait fini par faire la connaissance de Flora, épousée au bout de quelque temps. À l'époque, Léonie était décidée à partir s'installer en ville après avoir vendu les terres parentales.

Elle se souvient de sa première rencontre avec sa future belle-mère.

« La femme qu'il a présentée à Léonie n'a semblé, aux yeux de cette dernière, ni belle, ni laide. De toute façon, Léonie a décidé qu'elle ne pouvait pas être aussi belle que sa mère, dont le souvenir reste vif grâce aux quelques photos qu'elle a encore à sa disposition. Mais elle n'est pas laide, il faut le reconnaître. Il y a, au fond de Léonie, beaucoup de rancœur vis-à-vis de son père. Il l'a négligée, abandonnée, pour refaire sa vie. Sa future femme est grande, brune. Son visage, encadré par une chevelure frisée, affiche un nez busqué, des yeux marron, des lèvres pleines. "Mais rien à voir avec les jolis traits de maman !" »[33]

Léonie l'a écouté et s'est dit que c'était peut-être le juste retour des choses. Ne lui a-t-on pas raconté qu'il avait fait souffrir sa première épouse ?

— Flora s'est amourachée d'un officier. J'ai eu beau lui expliquer qu'elle risquait très gros à s'afficher comme elle le faisait, ce fut peine perdue ! Au début, elle se contentait de découcher, en me reprochant d'être incapable de la faire vivre convenablement, de n'avoir aucune conviction, de ne pas me rendre compte que les Allemands étaient les plus forts… Elle passait son temps à se pavaner dans ses beaux atours, riait sous cape quand elle

[33] *Terres pouilleuses.*

m'apercevait sur mon vélo, du retour de la fonderie. Je l'ai supporté en me disant qu'elle reviendrait vers moi quand elle serait mise au courant des exactions SS sur la population. Contrairement à ce que j'espérais, elle a carrément décidé d'aller s'installer chez son amant. Quand les Américains sont arrivés, elle a décidé de le suivre, et de fuir avec les troupes ennemies. Il était originaire de Berlin. Elle est peut-être là-bas.

— Alors elle risque d'être prisonnière des Russes. L'armée rouge est dans la région.

— Elle va regretter amèrement son histoire d'amour ! dit Léopold, sans plus de commentaires.

Il ne cherche pas à savoir ce que devient sa fille. Il s'éloigne, le dos voûté, semblant porter un fardeau où se mêlent honte, culpabilité et désespoir.

Léonie ne fait rien pour le retenir. *Pourquoi n'a-t-il pas cherché à se battre pour conserver Flora ?* pense-t-elle. *Il reste le même que celui qu'on m'a toujours décrit : un être faible. Il subit au lieu d'agir !*

Elle se dit que le sort de Flora est sans doute à présent peu enviable.

– 52 –

Les soldats russes, souvent des paysans venus de Sibérie, du Caucase ou de Mongolie, veulent des femmes, symboles de leur victoire sur l'Allemagne hitlérienne. Mères de famille, adolescentes, sexagénaires… toutes satisfont à l'idée valorisante que les « Ivan » – ainsi les surnomme-t-on – se font de la *deutsche Fräulein*… Livrées en pâture, maintes Berlinoises seront extirpées de leur souricière et traînées dans les couloirs, les annexes des caves, les cages d'escalier, pour y être violées.[34]

Ce fut le sort subi par Flora.

Elle s'est retrouvée isolée, après la mort de son amant, dans une ville dévastée par les bombardements. Les Russes tant redoutés, après des jours de tirs d'artillerie et de canons, la découvrent au milieu d'autres femmes allemandes réfugiées dans les ruines de ce qui avait été une école berlinoise.

Ils les emmènent. Alors, ce sont des viols quotidiens, plusieurs fois par jour. Un officier décide de la garder pour lui. Ce qui est sans doute préférable. Jusqu'au jour où elle est abandonnée au moment du départ de l'officier. Il se soucie fort peu de son sort. Il parle français, il le lui a fait comprendre :

— Tu as été traître à ton pays. Tu ne mérites pas qu'on s'apitoie sur toi !

Elle est récupérée dans un village après des heures de marche à travers la campagne. Après plusieurs semaines de déplacements au gré des rencontres et du bon vouloir des habitants, elle fait la connaissance d'une femme, émue par son apparence physique. Flora est décharnée, couverte de plaies mal soignées. On lui a trouvé quelques vêtements, on l'a aidée à reprendre des forces, puis confiée à des membres de la Croix-Rouge. Elle a ainsi la chance de regagner son pays et sa ville.

---

[34] L. Rossignol, *Le Monde*, 2008.

Jusqu'à son arrivée devant Léopold. Elle est méconnaissable. Il lui est forcément impossible d'identifier la femme élégante et souriante qu'il avait épousée. Sa longue chevelure est recouverte d'un foulard sombre qu'elle maintient en place d'une main.

— Léopold ! C'est moi ! Je suis revenue.

Il reconnaît sa voix. Le cœur lui manque. Quelques instants de mutisme. Puis :

— Entre !

Il ne sait quelle contenance adopter. Mais il a pitié de la femme debout devant lui. Il pourrait manifester sa colère, la gifler, la repousser, la traiter de tous les noms, elle le mériterait, elle lui a fait tant de mal !

Mais, fidèle à lui-même, il se contente de la faire asseoir.

— Tu as sans doute faim ?

— Un peu !

— Tiens !

Il lui tend un quignon de pain et de la soupe.

Alors elle s'assied, recroquevillée sur elle-même.

Elle reste muette. Les larmes se mettent à couler doucement. Sur son propre sort ? Sur celui de son mari, abandonné au profit de l'occupant ?

— Mange un peu !

Elle plonge sa cuillère dans sa soupe. Lentement. Son foulard glisse à ce moment-là de sa tête. Léopold découvre, stupéfait, le crâne rasé de son épouse.

— Ils m'ont attrapée sur le quai de gare, à l'arrivée du train. Ils étaient trop nombreux pour que je puisse tenter quoi que ce soit. De toute façon, je suis trop faible pour courir ! dit-elle en esquissant un pâle sourire. Et tout ça n'est sans doute que justice.

Elle se revoit tirée de son wagon et entraînée jusqu'à l'entrée du quai. Un tabouret l'attend, sur lequel elle est assise de force. Deux hommes la maintiennent.

— Tu vois, ordure ! On finit toujours par se faire coincer ! Tu croyais peut-être t'en tirer comme ça ? Mais il y a toujours quelqu'un pour guetter les salopes de ton espèce ! Hé ! Michaud ! À toi l'honneur !

Norbert Michaud se place derrière elle et commence la tonte de sa longue chevelure brune et frisée. Celle qui avait tant plu à Léopold, la première fois qu'il avait fait sa connaissance.

Elle a fermé les yeux tandis que les mèches s'accumulaient à ses pieds. Autour d'elle, ce n'étaient que rires et quolibets. Elle a entendu quelqu'un crier :

— T'as de la chance, t'aurais pu être exécutée, espèce de garce !

Puis ils l'ont promenée sur le quai au milieu des passagers. Des enfants la montraient du doigt. Au bout d'un temps qui lui a semblé interminable, ils l'ont libérée. Elle n'avait qu'une adresse à laquelle se rendre, celle de leur logement commun. En espérant que Léopold s'y trouverait toujours.

— Mais tu pourrais, et tu devrais m'en vouloir ! parvient-elle à murmurer en pleurant.

— Tu sais bien que je suis incapable de m'imposer. Tu me l'as assez souvent reproché !

Elle a honte d'elle-même. Elle parle dans un murmure dont il ne saisit que les deux derniers mots.

— C'est vrai… Je t'ai toujours dit que tu étais faible de caractère, mais je me rends compte que tu es un homme bon. J'ai gâché ma vie, mais aussi la tienne.

Madame Michaud se place derrière elle et commence la tonte de sa longue chevelure brune et [illegible]. Celle qui avait tant plu à [illegible] [illegible]

[illegible]

– 53 –

Il est enfin là, après cinq années loin du pays, de son épouse et de ses enfants. Le reconnaîtront-ils dans ses vêtements trop amples, son visage amaigri, ce captif de « la drôle de guerre » ? Comment les embrasser, que leur dire ?

Henri se tient debout sur le seuil après avoir frappé plusieurs fois. Quand la porte s'est ouverte, Lucie a poussé un cri de stupeur. Les enfants sont accourus.

Ses fils ont bien changé. Henri remarque le pli d'amertume qui s'est formé au coin de la bouche de son épouse. En dépit de ce qu'elle s'était promis de faire, se contenter de le laisser entrer sans manifester d'effusions, Lucie se jette dans les bras d'Henri, qui a lâché son barda. Elle se libère de tous les pleurs accumulés pendant son absence. Des larmes qu'elle a toujours évité de montrer devant ses enfants.

Ils se serrent l'un l'autre, et leurs fils les rejoignent. Henri parvient enfin à parler.

— Je ne vous quitterai plus ! J'ai tant souffert de vous savoir si loin !

— Entre vite ! Tu as l'air très fatigué.

— Mais toi aussi ! Tu as dû avoir du mal à t'occuper de la ferme toute seule !

— J'ai fait comme toutes celles dont les maris étaient prisonniers. Il fallait bien avoir de quoi se nourrir ! Et encore ! Je ne me plains pas : on a toujours mieux mangé que ceux de la ville. Théophile m'a aussi donné un coup de main de temps à autre. Les Sadler[35] aussi ! Y a eu de l'entraide.

Les deux garçons, restés silencieux, comme s'ils avaient inconsciemment senti qu'il fallait laisser leurs parents se redécouvrir, s'approchent de leur père.

---

[35] *Terres pouilleuses.*

— Tu nous raconteras, papa ?

— Venez ! Venez mes garçons ! Je me suis accroché à l'idée de vous revoir pour survivre pendant ces cinq ans. Il n'y avait que cela pour m'aider à tenir au milieu des baraques, des geôliers, des miradors et des barbelés pour seul horizon. Et je vous retrouve enfin !

Son émotion est immense. Il avait quitté des bambins, il retrouve des grands garçons de 11 ans. Il ne va pas noircir sa vie de captif, même si ce qu'il a eu à subir, ainsi que les exécutions et autres massacres auxquels il a assisté, sont marqués au fer rouge dans son cerveau. Mais il ne veut pas les effrayer et les dégoûter à tout jamais du genre humain. Il en a plus souvent côtoyé le pire que le meilleur. Il ne veut pas détruire leurs illusions.

— Ça a été très dur. J'étais dans un stalag, un camp qui regroupait des milliers de soldats prisonniers. J'ai souffert de la faim, du froid, des coups de matraque à répétition. J'ai été affecté à un *kommando* de travail dans une exploitation agricole. J'ai eu de la chance, puisque c'était mon métier. Les horaires étaient longs, mais, en contrepartie, j'étais bien nourri. Et la famille qui m'employait n'était pas trop dure.

— Tu as pu t'y faire un copain ? demande Jules.

— Oui ! Albert, originaire de Montluçon. On partageait la même chambrée. On a fait le voyage du retour à pied ensemble.

— À pied ? l'interroge Victor.

— Oui, des heures de marche après l'évacuation du camp ! Je ne vous décris pas à quel point on pouvait puer, à ne pas pouvoir se laver, et porter toujours les mêmes vêtements ! Sans oublier les poux dont on était envahis ! Puis j'ai fini par trouver un train qui m'a ramené ici.

— Mais tu vas être comme papi ! dit Jules. Il a reçu une médaille après sa mort.

— Je crois que cela va être différent, car nous avons perdu la guerre contre les Allemands.

— Mais ce n'est pas de ta faute ! s'exclame Victor.

— Peut-être. Mais la France a été vaincue. Tu verras que les gens vont se détourner de nous, parce que nous symbolisons la défaite du pays. En 1918, c'était tout le contraire ! Mais au moins, on ne sera pas envoyés dans un goulag, comme c'est le cas des prisonniers russes. Là-bas, il n'est pas concevable d'être captif. Ici, en France, on sera simplement ignorés !

— Mais ce n'est pas juste ! s'écrie Jules.

Lucie est restée silencieuse tout le temps du récit fait par Henri.

Elle a baissé les yeux au moment où il a fait allusion à son travail dans une ferme. Elle ne peut s'abstenir de penser que la liaison de son mari s'est nouée là où il était employé. Une pointe de jalousie lui vrille soudain le cœur.

Elle aurait envie de l'interrompre pour lui crier : « Tu as su la tromper, ta solitude, en mettant une *Gretchen* dans ton lit et en l'engrossant ! Ne nous fais pas croire qu'on t'a manqué à ce point-là ! Pendant que tu te donnais du bon temps avec elle, moi, j'ai dû trimer pour subvenir à nos besoins ! Cinq années de dur labeur ! J'ai dû accomplir tous les travaux de la ferme par n'importe quel temps ! Je sais très bien que pour toi ça n'était pas facile non plus, mais je te suis restée fidèle, je t'ai même dédié une chanson, et je t'ai envoyé des colis régulièrement ! Tu as toujours été dans mes pensées ! »

Mais elle ne dit rien. Promesse a été faite de ne plus parler de ce qui s'était passé là-bas.

Le soir même des retrouvailles, Henri, en se couchant, ne pourra s'empêcher de songer à cette jeune femme laissée en pleurs sur un quai de gare allemand, enceinte de quelques mois. Fille ? Garçon ? Il ne le saura jamais.

Greta, fille du fermier qui l'employait et le traitait bien, a su lui fournir la chaleur de son affection pendant sa captivité. L'ambiance au stalag était si dure à supporter qu'il préférait travailler encore davantage à la ferme. Il y avait surtout la douceur et le sourire de Greta.

Il ne lui a jamais avoué qu'il était déjà marié et père de deux fils. Sans elle, il n'aurait peut-être pas survécu au cauchemar de son emprisonnement. Mais comment le faire comprendre à Lucie ?

Ils prenaient de gros risques pour se retrouver et s'aimer, pendant les pauses. Les contacts physiques étaient formellement interdits entre prisonniers et autochtones. Ils ont bravé le règlement.

Que va-t-il advenir d'elle quand elle mettra son bébé au monde ? Va-t-elle être tondue, comme cela arrive aux femmes françaises qui ont couché avec l'ennemi ?

Il lui a dit qu'il reviendrait. Elle a promis qu'elle l'attendrait. Elle se dira qu'il n'était qu'un salaud de plus, qu'il s'était bien servi d'elle pour avoir du bon temps !

Il sait qu'il va enfouir l'image de son départ au plus profond de lui-même. Il se sentira constamment honteux et coupable et ne parviendra jamais à extirper la douleur incommensurable logée dans son cœur et son esprit.

– 54 –

Des déportés continuent d'arriver des camps de concentration. Léonie, comme ses compatriotes, a découvert l'horreur de ce qui s'était passé là-bas.

Parmi ceux rentrés récemment, il y a une jeune femme dont Léonie voit le nom sur la pièce d'identité qu'elle lui tend pour venir réceptionner un colis.

Il est écrit : SADLER.

Ce nom évoque à Léonie celui que mentionnait parfois son oncle quand elle vivait encore à la campagne. Il l'avait emmenée faire la rencontre des nouveaux occupants de la ferme de Marie, qui s'était suicidée à la fin de la Première Guerre. Léonie ne peut s'empêcher de se dire que, si Marie avait vécu à leur époque présente, elle aussi aurait été rasée comme Annabelle.

Elle fixe le nom de Sadler. La curiosité est trop forte :

— Vous ne seriez pas parente avec la famille Sadler, qui réside dans une ferme non loin de la ville, venue du Nord avec les réfugiés de la guerre de 14 ?

— Oui. Mon grand-oncle Arsène est venu s'installer là avec sa fille Marinette. Il avait un frère, qui n'a pas voulu partir de chez lui et de sa région. Ce frère a eu un fils, dont je suis moi-même la fille. Je suis Garance, la petite-nièce d'Arsène. Mon grand-père et mes parents sont décédés lors d'un bombardement.

— Je vais vous sembler curieuse, mais je n'ai pas pu m'empêcher d'apercevoir le matricule inscrit sur votre avant-bras.

La jeune femme tire automatiquement sur sa manche de chemisier pour dissimuler le symbole qu'elle voudrait n'avoir jamais porté.

— Je reviens d'Auschwitz. J'y ai été internée sur le tard. Je m'y suis retrouvée parce que j'avais caché quelques amis juifs. Je dois prendre contact avec mon grand-oncle et sa fille. Je suis venue chercher un colis envoyé par un camarade. Je vis pour l'instant à l'hôtel.

Léonie laisse parler son cœur.

— Je peux vous aider, si vous voulez.

Garance est surprise. Il fut un temps où personne ne l'avait aidée quand elle avait découvert que ses amis juifs avaient disparu. Elle avait bien frappé à quelques portes, mais elles s'étaient vite refermées.

Jusqu'au jour où une voiture noire s'était arrêtée à sa hauteur. Deux hommes avaient surgi hors du véhicule pour l'embarquer à l'intérieur avec eux.

La Gestapo avait su comment s'occuper d'elle. Envoyée ensuite à Auschwitz, pour continuer à soigner ses « youpins favoris », comme le lui avait dit un de ses tortionnaires, tandis qu'il s'amusait à lui enfoncer la tête sous l'eau et à l'y maintenir. Elle avait imaginé à deux reprises ne jamais s'en remettre. Il faut croire que le corps et l'esprit ont une force insoupçonnée.

Beaucoup mouraient autour d'elle. Elle avait plus d'une fois essayé de se convaincre de se jeter sur les barbelés, pour que tout s'achève. Qu'est-ce qui l'en avait empêchée ? Le fol espoir que la guerre finirait un jour, et qu'on viendrait la délivrer ?

Mais comment espérer quand la fumée qui s'élève dans le ciel n'est pas celle du feu qui vous réchauffe en hiver. Quand les chants des enfants qui se tiennent par la main, pour avancer en rang tel qu'on le leur a ordonné, ne sont pas ceux d'une chorale de fin d'année scolaire. Quand les aboiements des chiens ne sont pas ceux d'une chasse à courre. Quand tout ce qui se déroule est une mise à mort organisée.

Garance a résisté à l'enfer du camp, et à la marche de la mort de janvier 1945. Elle a connu la faim, la soif, les coups… Sa tête est remplie de ces images de corps qui tombent, trop faibles pour avancer, et achevés d'un coup de feu par leurs gardiens. La neige qu'il faut porter à la bouche pour survivre, l'entassement dans des wagons…

Elle s'étonne encore d'avoir échappé à cette mort qui en a cueilli tant. Mais comment a-t-elle fait ? Pourquoi elle, plutôt qu'un autre ?

Garance ne livre rien de ses pensées, qui tournent en rond dans son cerveau. Il y a maintenant cette rencontre qui va une nouvelle fois changer le cours de son existence.

***

Yvonne a pu bénéficier d'un peu d'essence pour sa Juvaquatre. Le véhicule avait été tracté jusqu'à la ville par une camionnette à gazogène, une fois l'exode terminé. Elle le prête à son frère pour la journée.

— Ça sera quand même plus rapide qu'à vélo !

C'est ainsi qu'un dimanche de mai, Léonie et sa famille se retrouvent en compagnie de Garance Sadler, 22 ans, pour présenter la jeune femme aux membres restants de la sienne.

La jeune fille dissimule ses cheveux courts sous un foulard. Elle est plutôt grande et maigre, et ses yeux bruns trahissent la tristesse qui l'habite depuis son internement.

Julien a transmis à Léonie ce qu'il savait des camps, de leur ouverture, et des êtres humains, ou tout du moins ce qu'il en restait, qui en étaient sortis. L'enfer à travers lequel Garance est passée est inenvisageable pour toute personne sensée. Et pourtant… Parviendra-t-elle un jour à en parler ?

***

Théophile fait la connaissance de Garance. Il est allé prévenir les Sadler.

Arsène ne peut cacher son émotion à la vue de sa petite-nièce. C'est un peu de son frère qu'il retrouve en elle. Il est âgé de 92 ans et pensait quitter cette terre sans revoir un quelconque membre de sa famille, désertée des années auparavant. Marinette, quant à elle, accueille avec grand bonheur cette petite-cousine.

Alors, on sort les verres et le cidre, et l'on rit. On fait entendre ce rire franc et sincère que l'on croyait avoir oublié. Celui de Garance reste encore timide.

Aimée a fait des tartes aux fruits que l'on se partage. La nappe à carreaux a été étendue sur la table en bois vert, et des chaises sont apportées sous la tonnelle où tout le monde s'est installé.

La petite Agathe court après une poule égarée, et les trois autres enfants ont rejoint leurs cousines.

— Tu vas venir vivre ici, Garance. L'air de la campagne te fera du bien !

Cette dernière accepte volontiers l'offre de sa cousine. Arsène et Marinette sont sa seule famille.

Léonie a demandé à Garance de récupérer ses affaires à l'hôtel. Quitter l'endroit miteux qu'on lui a proposé ne pose pas de problème à la jeune fille. Il est bon de se sentir soudain tolérée et prise en main. Être aimée à nouveau, peut-être ?

D'autres rescapés réapparaissent peu à peu.

Il y a aussi des familles juives qui avaient su, avant la guerre, que quelque chose se tramait contre leur diaspora. Celles qui en avaient les moyens financiers ont remis leurs meubles et tableaux entre les mains d'amis dignes de confiance. Elles se sont enfuies vers l'Amérique. Quand elles sont revenues après le conflit, elles ont pu récupérer ce qu'elles avaient mis en dépôt.

On a rapporté à Léonie le cas d'une famille qui n'avait pas eu le temps suffisant pour rejoindre son lieu de départ. Tous ses membres ont été arrêtés par la police française au moment où ils quittaient leur propriété. Leurs déménagements répétitifs de meubles avaient dû sembler suspects à certains.

– 55 –

« Qui sait ? Anna peut avoir été épargnée ?

— Léonie ! Cesse de te faire des illusions ! Anna a péri dans le camp où elle a été envoyée, avec d'autres enfants. C'est le sort qui leur était réservé. Les Allemands avaient tout prévu : les déporter pour les exterminer, à la suite de leur persécution et de leur exclusion décidée par le gouvernement français. Rares sont ceux qui sont revenus ! »

La conversation s'arrête. Eugénie est de retour du jardin avec sa sœur.

— Il y a un monsieur qui veut te parler, maman !

Léonie se lève, sort sur le pas de la porte, et aperçoit un homme d'une quarantaine d'années.

— Je peux vous aider ?

— Léonie ? Tu ne te souviens sans doute plus de moi. Mais ton oncle Théophile m'a donné ton adresse. J'habite toujours au village. Je suis Jean Bonnard. Le frère…

— De Guillaume. Je me souviens bien de vos prénoms ! Entrez !

Léonie n'ose pas tutoyer cet homme habillé d'un blouson noir et coiffé d'une casquette. Elle l'a connu autrefois, c'était un « grand » parmi tous les copains des fermes jouxtant la sienne. Elle n'était qu'une fillette.

Ils se regardent et semblent s'étudier, avant que Léonie ne reprenne la parole.

— Voici mon mari Julien ! Il est commissaire de police. Il a réussi son concours et il officie à la place du commissaire Drouer dont nous n'avons plus de nouvelles depuis qu'il a été arrêté.

— On pourrait se tutoyer comme lorsqu'on était gosses, Léonie, tu ne crois pas ?

— Oui ! En souvenir d'autrefois ! Tu te rappelles quand je vous regardais lire vos illustrés, et que je voulais que vous m'expliquiez ce que ça racontait ? Vous étiez les grands, toi et ton frère ! Qu'est devenu Guillaume ?

— Il s'est fait tuer lors de l'explosion d'un pont. Il n'a pas couru assez vite pour se mettre à l'abri. J'ai eu de la chance de sortir vivant de ces deux ans de maquis ! On vivait dans les bois. Le ravitaillement s'effectuait auprès de paysans. On a été obligés d'en malmener quelques-uns, quand ils refusaient de coopérer. Des fois, on se servait nous-mêmes en leur absence. La guerre fait accomplir des choses dont on n'est pas toujours fier, Léonie. J'ai participé à l'arrestation d'un collabo qui avait dénoncé des voisins. Certains autres habitants de la même rue que lui le craignaient tant, pendant la guerre, qu'ils ont laissé faire. Je peux te dire qu'ils ont été trop contents de se débarrasser de lui à leur tour. Beaucoup se sont déchaînés. Sais-tu que l'on ignore le degré de violence qu'un individu est capable d'atteindre ? Peut-être une façon d'exorciser la honte qu'ils ont éprouvée au moment où ils ont vu partir le jeune couple juif et leurs quatre enfants, dont un bébé de trois mois, sans intervenir ? C'est sûr que certains ont dû se sentir mal à l'aise de ne rien avoir tenté ! Mais comment auraient-ils pu faire ? Se rebeller les aurait conduits à une mort certaine. Maintenant, j'ai une question pour toi, Julien. Toi qui es dans la police, penses-tu que certains de tes collègues n'ont pas apprécié de faire la chasse au juif ou au communiste ? Parce que, si tu me disais le contraire, je ne te croirais pas. D'ailleurs, de source bien informée, un de tes confrères est dans le collimateur du comité d'épuration. Un certain Norbert Michaud !

– 56 –

« Oui ! Je sais de qui tu parles ! Mais des comme lui, il y en a dans toute la population !

— Sauf que lui participe à la tonte des femmes ! Il se donne le rôle de justicier pour qu'on oublie facilement avec quel zèle il a pris part aux rafles. La sœur d'un copain communiste l'a vu à l'œuvre quand son frère a été arrêté. Michaud s'est délecté à le bousculer si fort qu'il y a eu une chute dans les escaliers, et l'homme est mort des suites de ses blessures. La sœur a supplié le dénommé Michaud d'aider son frère inanimé plus bas. Il a refusé de venir secourir un rouge de son espèce. Inutile de te dire que ça ne s'oublie pas ! »

Julien ne songe absolument pas à avertir son collègue. Que des gens se révoltent contre Norbert Michaud n'a rien de surprenant. Et Julien constate avec effroi que de le voir souffrir lui procurerait beaucoup de plaisir. Ses pensées deviennent aussi noires que celles des autres. *Après tout, qu'il se démerde ! Il s'est toujours réjoui du malheur d'autrui ! Il devra assumer ses actes !*

Ce goût de revanche ne lui déplaît pas. *Michaud ne s'est jamais posé de questions au sujet de ceux qu'il arrêtait !*

Jean Bonnard reste encore un long moment à discuter du village où Léonie et lui-même sont nés.

— Tu n'as jamais regretté d'en être partie ? Ton oncle en a eu gros de te voir tout abandonner.

— J'ai laissé mes terres en de bonnes mains. Bien meilleures que les miennes. Il a su tout faire fructifier.

— Moi, j'ai repris la ferme de mes parents. Ils ont continué à s'en occuper le temps de notre départ à mon frère et moi pour le maquis, mais maintenant j'y suis de nouveau. Je suis comme Théophile, la culture de la terre m'habite. Je vibre pour elle. Et assister à l'envahissement du pays par des barbares m'a été insupportable. Je suis entré en guerre contre ceux qui venaient souiller notre sol.

Julien intervient.

— Oui, mais, toi, tu avais une liberté que nous n'avions pas ! Tu n'étais pas dans une administration sous les ordres de Vichy, et tu n'avais pas charge de famille.

— Détrompez-vous sur un point : j'ai une fille un peu plus âgée que ton aînée. Elle s'appelle Louison, et son arrière-grand-père a bien connu ta grand-mère.

Léonie n'a jamais eu l'occasion de faire la rencontre de son aïeule. Il y a là de quoi attiser sa curiosité.

– 57 –

« Mais comment est-ce possible ? Ma grand-mère est morte dans un asile.

— Oui, je le sais. Tu dois également savoir que c'est à cause de son deuxième mari, si elle s'est retrouvée là-bas. Il s'appelait Gervais. Et je ne suis pas fier de ce qu'il a accompli. »

Léonie remonte aussi loin que possible dans ses souvenirs. Le prénom Gervais lui fait revenir à l'esprit une conversation qu'elle avait eue toute jeune avec son oncle.

« — Maman m'a un jour montré une photo sur laquelle il y avait trois personnes : maman et toi, ainsi qu'une dame habillée en noir. Elle m'a dit que c'était votre mère, mais qu'elle était partie parce qu'elle était malade. Malade de quoi ? Et on ne m'a jamais parlé de mon grand-père. J'avais bien un grand-père maternel ? Est-ce que ça ne serait pas le nom que j'ai eu l'occasion de lire sur la tombe familiale ? Celui d'Ernest ?

— Ta grand-mère, dont le mari se prénommait effectivement Ernest, est devenue veuve très tôt. Elle a eu la malchance de s'amouracher d'un ouvrier agricole uniquement intéressé par ses terres. Il s'appelait Gervais. Il est devenu notre beau-père. Il a réussi à se débarrasser de tous les membres de la famille, en nous expulsant, moi et ta mère, Louise, de chez nous, et en envoyant ta grand-mère en asile d'aliénés. Elle était sans doute fragile d'esprit, et il y a eu la mort effroyable de ton grand-père maternel lors du dressage d'un cheval dans l'écurie. Mais ce que Gervais nous a fait l'a rendue encore plus vulnérable. Ce salopard en a profité pour l'éloigner définitivement, grâce à la complaisance d'un médecin qui a ordonné son internement. J'ai alors accepté de travailler pour Gervais sur des terres que j'avais bien l'intention de récupérer un jour. Fort heureusement, cet escroc est mort accidentellement plus tôt que prévu, et il y a eu la transmission de l'exploitation à ses propriétaires légitimes, Louise et moi. »

— Le grand-père de mon épouse, Gervais, aimait beaucoup les femmes. Il en rencontrait lors de ses sorties en ville. Il a eu un garçon avec l'une de ces femmes. Ce fils s'est marié, une fille est née de cette union. Elle est devenue mon épouse. C'est ainsi que je suis le père de Louison. J'ai appris tout cela bien plus tard. Louison ne peut pas porter la responsabilité du comportement de son ancêtre. Elle-même n'est pas au courant de quoi que ce soit. Et je n'ai pas l'intention qu'elle le découvre un jour ! Je l'ai donc laissée le temps du maquis, ainsi que ma femme, que j'ai chargée de s'occuper de l'exploitation de la ferme pendant mon absence. Je suis de retour au bercail ! Tu vois, Julien, j'ai fait le choix de me rebeller contre l'injustice, en sachant que je pouvais y laisser ma peau.

— Je t'en félicite, Jean. Je n'ai sans doute pas ta bravoure. J'ai essayé, à ma façon, de résister de l'intérieur. Une résistance minime, certes, mais elle a peut-être permis à certains de survivre.

— On ne va pas essayer de comparer nos faits d'armes ! La guerre est derrière nous à présent, tâchons de faire en sorte que le monde qui va se bâtir soit plus radieux pour nos enfants ! Bon ! Je vais devoir m'en retourner. Quand vous viendrez au pays, arrêtez-vous à la ferme ! Je vous présenterai ma famille.

Léonie se retrouve plongée dans son passé, son histoire, ses terres.

– 58 –

Deux balles dans la nuque. Rapide. Efficace. Sans témoin.

Ses yeux sombres étaient tournés en direction du ciel. Celui-ci allait-il accueillir un nouveau pêcheur ? Norbert Michaud n'a pas eu le temps de se poser la question. Du reste, se l'était-il jamais posée ?

La mort le prend par surprise à la sortie de son immeuble. Aucune enquête n'est menée. À quoi bon ? Il s'agit d'un énième règlement de comptes en cette période troublée d'après-guerre. Michaud ne manquera à personne, si ce n'est à son chat. Un chat tigré noir et blanc, répondant au nom de Loustic, et sans doute le seul être auquel il manifestait de la tendresse.

Il n'a jamais éprouvé de tourment à la vue des enfants conduits en pleurs entre leurs parents, que des policiers surprenaient au petit matin pour les mener vers un autocar. Il serait vraisemblablement beaucoup plus bouleversé de savoir que son chat a miaulé de faim plusieurs jours, avant d'être récupéré par un ancien voisin, dont l'homosexualité avait été dénoncée par Michaud dans ses conversations.

L'homme, de retour de camp quelques jours auparavant, dans sa tenue rayée, ornée d'un triangle rose pendant son internement, a perçu les faibles miaulements de l'animal derrière la porte.

Un concierge est venu l'aider à faire sortir Loustic, et à le sauver.

Pendant ce temps-là, le commissaire Drouer reste introuvable parmi tous ceux qui ont été libérés du camp de Buchenwald où il a été interné.

L'individu au triangle rose se prénomme Michel. Il a justement côtoyé le commissaire là-bas.

– 59 –

Michel est arrivé au camp de Buchenwald au début de l'année 1944.

Après un trajet dans un wagon à bestiaux, qu'il a passé debout contre l'une des parois à essayer de happer l'air du dehors, tellement celui de l'intérieur, chargé d'odeurs d'urine et d'excréments, était devenu irrespirable, le jeune homme est débarqué sur un quai, au milieu de centaines d'autres individus, puis poussé violemment jusqu'à l'intérieur du camp.

Là, on l'a contraint à se déshabiller après avoir exigé qu'il remette tout ce qu'il possédait.

Après avoir été rasé de la tête aux pieds, puis plongé dans un bain de Cresyl pour être désinfecté, il a été sommé de revêtir sa tenue de prisonnier, un pantalon et une veste à rayures, ainsi qu'un béret. La touche finale étant un triangle rose, pointe vers le bas, sur le haut du pan gauche de sa veste.

À partir de ce jour-là, ce sont des conditions de détention que l'on ne peut imaginer, avec l'obligation de servir de main-d'œuvre dans les carrières environnantes.

Il y croise d'autres triangles, comme le rouge des communistes. C'est ainsi qu'il fait un jour la connaissance du commissaire Drouer, soutien des réseaux bolcheviques, ainsi que le dit son acte d'accusation.

Personne ne pourrait reconnaître l'homme au côté duquel Julien a travaillé : sa haute stature charpentée a cédé la place à un maigre squelette, ses yeux semblent lui manger le visage. Ils expriment à la fois l'horreur, la stupeur, la terreur, l'incompréhension, le désespoir. Allongé sur la même couche que d'autres détenus, atteint d'une toux sèche permanente, trop épuisé pour pouvoir parler, il gît près de Michel.

Il a simplement compris que son voisin était originaire de la même ville que lui. Il y a eu comme un tressaillement dans son regard.

Les jours suivants, Michel fera de son mieux pour le soutenir pendant les séances d'appel. Mais lui-même s'affaiblit. Combien de temps pourra-t-il encore l'aider ? Il s'estime chanceux, il n'a pas été utilisé pour subir une injection hormonale censée le guérir de son homosexualité.

Quand les Américains arrivent au printemps 1945, Drouer est déjà mort.

– 60 –

Le commissaire Drouer aurait sans nul doute souhaité assister à la rébellion finale de ses concitoyens. Il aurait partagé leur colère et leur refus de la soumission, et, comme eux, il aurait cherché tous les moyens de faire plier ceux qui se croyaient invincibles. Il aurait ressenti l'effervescence de la libération.

Le bellicisme n'est maintenant plus de circonstance. La terre de France, blessée, meurtrie, a besoin d'apaisement et de réconciliation pour se reconstruire.

Chacun s'y attelle à travers son travail.

On retrouve ainsi Léonie à son guichet, et ses compétences lui permettent très vite de faire office de receveur. Elle est allée à l'enterrement de celui qui occupait le poste, mort des blessures causées par la fusillade à laquelle Yvonne s'était trouvée confrontée. Une personne qu'elle estimait.

Le syndicalisme est de nouveau actif et Léonie n'hésite pas à assister aux réunions souvent tardives proposées aux nouveaux adhérents. Ses filles, surtout Eugénie, jugent qu'elle y consacre trop de temps.

— On ne va encore pas te voir ce soir ! À croire que tu préfères l'ambiance syndicale à celle de ta famille !

— J'aimerais bien que tu sois moins impertinente !

— Mais, elle a raison, maman ! On ne te voit plus !

— Tu ne vas pas prendre le relais de ta sœur ! Écoutez ! Je vous ai assez entendues ! Votre père ne va pas tarder, vous vous débrouillerez avec lui !

Une scène qui se répète régulièrement, et ternit souvent l'atmosphère familiale.

Julien est le commissaire de police en titre de son commissariat, et des missions l'éloignent parfois plusieurs jours de son domicile.

La dernière en date lui demande d'aller résoudre une enquête au sujet d'un corps retrouvé sur une voie ferrée : celui d'une vieille dame dont la gorge a été sectionnée.

Eugénie est donc obligée de veiller souvent sur sa sœur toujours scolarisée. Elle va bientôt fêter ses 18 ans. Elle a trouvé un emploi administratif dans un bureau. Elle gagne suffisamment d'argent pour s'offrir ses toilettes, confectionnées dans de beaux tissus par une couturière dont elle vante le savoir-faire auprès de ses amies. Elle attend la fin de semaine pour s'adonner à son loisir favori : la danse de salon.

Et les bals au grand café du centre-ville sont l'attraction du dimanche après-midi. Ses parents l'accompagnent, comme le veut la tradition, et retrouvent sur place les parents des autres jeunes gens, pour veiller de loin sur leur progéniture. Alors s'enchaînent valses, tangos, boléros…

Il faut faire table rase du passé. Les gens vivent à présent dans un pays apaisé, et surtout libre. La salle est bondée. Jeunes et moins jeunes ont été confrontés à tant de restrictions que la musique et la danse leur donnent l'occasion d'étancher jusqu'à l'ivresse leur soif de liberté si durement recouvrée. Chacun veut savourer cette indépendance reconquise, en goûter la moindre parcelle. On peut se mouvoir avec qui l'on souhaite, n'importe où, quel que soit l'air.

Les chanteurs de rue, qui permettaient de reprendre en chœur les airs entonnés, ont été interdits très vite à certains endroits pendant la guerre, afin de supprimer le danger que représentaient pour l'occupant les attroupements sur la voie publique. Aussi le bonheur est-il grand de pouvoir s'adonner à nouveau au plaisir musical !

Eugénie aime pouvoir tournoyer jusqu'au soir. Et les cavaliers ne manquent pas.

Elle a revêtu une jolie robe à pois réalisée tout récemment. Une danse vient de s'arrêter.

Un jeune homme se présente à elle et l'invite à le rejoindre sur la piste. Ils s'élancent sur l'air de *Reine musette*, puis enchaînent sur *In the mood* de Glenn Miller, suivie de la valse musette *Le dénicheur*. Peu de mots sont échangés, ils sont, l'un et l'autre, venus pour le plaisir de la danse.

Ils n'hésitent pas à se laisser entraîner par des valses viennoises. C'est sur le paso doble de *Besame mucho*, que Jeannot se met à serrer sa cavalière de plus près. Elle ne semble pas montrer beaucoup de résistance.

Besame, besame mucho
Cette chanson d'autrefois je la chante pour toi
Besame, besame mucho
Comme une histoire d'amour qui ne finirait pas...

Le jeune homme s'est éloigné un instant pour aller chercher des rafraîchissements. Eugénie est entre les bras d'un autre jeune homme lorsqu'il revient chargé de ses boissons. Il attend le tour suivant.

Mais la soirée est déjà bien avancée. Les parents d'Eugénie font de loin signe à leur fille : il est temps de rentrer.

Dommage ! Elle dansait bien ! Il va aussitôt se consoler dans les bras d'une autre cavalière.

– 61 –

« Tiens ! Ça ne serait pas ton cavalier de la dernière fois ? demande Simone à Eugénie en la poussant du coude. Le grand brun dont tu m'avais parlé, et que tu trouvais si bon danseur ? »

Les deux jeunes femmes, collègues de travail, sont de retour au grand café du centre-ville, pour tournoyer sur le parquet ciré de la salle de bal. Un petit orchestre composé d'un accordéoniste, d'une batterie, et d'un saxophoniste est en place sur une estrade. Des tables ont été installées sur le pourtour de la salle, face aux musiciens.

Eugénie a, elle aussi, repéré le jeune homme qui l'avait si bien fait virevolter une quinzaine de jours auparavant. Il semble cependant en très bonne compagnie. Il est entouré d'un essaim de jolies filles, ainsi que de plusieurs copains.

— Hé ! Jeannot ! J'espère que tu me laisseras danser avec la belle brune de l'autre samedi soir !

Le prénom n'a pas échappé à Eugénie. Neuf années se sont écoulées depuis la fin de la guerre. Eugénie et Jeannot ont maintenu quelques liens pendant l'année qui a suivi la Libération, puis le père d'Eugénie a été muté dans une région éloignée. La famille l'a accompagné. Distance, études…, ils se sont perdus de vue. Ils ont pensé l'un à l'autre au début de leur séparation, mais chacun s'est fait de nouveaux amis. Et la vie les a pris, dans son tournoiement de rencontres, activités diverses…, avec l'envie infinie de rattraper le temps gâché par la guerre.

Gilbert a décidé de devenir camionneur, et s'est mis à sillonner les routes. Il revoit Jeannot quand son entreprise le rappelle dans la région.

— Dernièrement, lui a-t-il raconté un jour, une biche a traversé la voie au moment où j'arrivais. Elle s'est arrêtée, m'a regardé fixement, puis s'est enfilée dans le sous-bois tout proche. Une apparition magique !

Une autre fois qu'il revenait d'un déplacement vers l'Allemagne :

— Une pluie diluvienne, et des essuie-glaces en panne ! J'ai dû me ranger sur le bas-côté, et attendre l'accalmie. De retour en France, la purée de pois ! Au moins, ça me fait de quoi raconter !

Jeannot, quant à lui, s'apprête à être moniteur de sports.

Julien, Léonie et leurs filles résident de nouveau dans la région, depuis un an. Ils ont même pu réintégrer le petit pavillon où ils logeaient pendant la guerre.

Eugénie veut en avoir le cœur net. Le prénom « Jeannot » trotte dans sa tête. Et plus elle l'observe, plus elle est persuadée que cela ne peut être que celui auquel elle songe.

— Ce n'est pas vous qui étiez mon cavalier il y a deux semaines ?

— Je crois bien que oui ! On n'a même pas pris le temps d'échanger nos prénoms ! Moi, c'est Jeannot !

— Donc, nous nous connaissons : notre première rencontre date de l'Exode.

Eugénie exulte.

Alors, Jeannot se met à scruter le visage de celle qui le regarde en souriant. Il retrouve peu à peu, derrière les yeux rieurs, la chevelure crantée, et l'air décidé, la fillette aperçue le long de la route en compagnie de sa tante et de sa sœur, et hissée à bord de leur camion.

— Eugénie ?

— Elle-même ! Je ne t'avais pas reconnu non plus, la dernière fois !

Le garçon de 11 ans, revu de temps à autre pendant la guerre, était dans ses pensées. Mais celui qui se tient devant elle est un homme longiligne, à la carrure athlétique. Son visage est plus long également, mais l'expression de son regard est toujours aussi douce.

Ils se sentent presque gauches, alors qu'ils avaient montré tant d'aisance lors de leurs danses passées. Il leur faut se retrouver. Quoi de mieux que de se laisser porter par l'orchestre ? Un tango les entraîne loin de leurs amis. Le soliste n'est pas Tino Rossi, mais la chanson de 1935 attire toujours autant de monde sur la piste.

Il pleut sur la route

Le cœur en déroute
Dans la nuit j'écoute
Le bruit de tes pas
Mais rien ne résonne
Et mon corps frissonne
L'espoir s'envole déjà
Ne viendrais-tu pas ?

Puis ils enchaînent sur le rythme plus rapide de *J'ai pleuré sur tes pas.*[36]

— J'adore ce tango ! a le temps de dire Eugénie.

J'ai pleuré sur tes pas
En murmurant tout bas
La prière d'adieu
D'un départ douloureux
Qui m'emplit de détresse.

Elle a aperçu ses parents, en grande conversation avec leurs amis. Parlent-ils d'elle ? Se demandant quel peut-être le jeune homme qui accapare ainsi leur fille ? Elle n'en a cure. Elle n'a d'yeux que pour son cavalier. Elle avait un faible pour lui lorsqu'ils étaient tous les deux encore gamins. Une idylle est sur le point de naître entre eux. Son cœur s'est souvent emballé, mais son désir d'amour semble l'animer bien plus fort que d'habitude.

Un petit frisson s'empare d'elle dès que le visage de Jeannot apparaît. Son envie de le voir devient obsessionnelle.

Eugénie est à l'aube d'une nouvelle vie, loin des terres maternelles. Mais elle les porte en elle et celles-ci ressurgiront périodiquement tout au long de sa vie maritale. Elle ne le sait pas encore.

---

[36] André Claveau, 1943.

– 62 –

Entre deux danses, les questions fusent.

— Et Laurette ? Qu'est-ce qu'elle devient ?

— Elle séjourne en ce moment chez une tante, à Paris. Elle voulait visiter la capitale. Que devient Marie ?

— Elle a obtenu un travail de secrétaire dans une usine de bonneterie.

— Comme moi ! Mais je suis employée dans une administration. Tu m'avais parlé d'un certain Baptiste.

— Il a failli partir faire la guerre d'Indochine. Mais il y a renoncé. Il a bien fait, plusieurs de ses amis sont morts là-bas. Il travaille à la gravière de mes oncles, après avoir cherché longtemps du travail. Tu ne me demandes pas des nouvelles de Gilbert ?

— Mais tu vas m'en donner !

— Il est à présent en partance pour la Corse à bord de son camion de marchandises. Il est devenu conducteur routier. Il adore son boulot.

— Et en ce qui te concerne ?

— Moniteur d'éducation sportive !

— Et ta famille ?

— Tout va à peu près bien. Toujours la vente de poissons pour mon père. Ma tante et ma mère s'occupent des primeurs. Elles ont beaucoup à faire avec le potager !

— Et ta tante Yvonne, depuis qu'elle s'est séparée du conducteur de notre camion ?

— Elle continue son travail dans une blanchisserie.

Les danses reprennent.

Avant la fin de la soirée, Eugénie présente Jeannot à Léonie et Julien.

L'attirance entre Jeannot et Eugénie est réciproque. Ils se revoient à nouveau, à l'occasion d'autres bals.

Jeannot la raccompagne un jour chez elle après le travail, après l'avoir attendue longuement au pied du service administratif où elle est employée de bureau. Ils flânent au côté de la bicyclette. Le jeune homme n'ose faire asseoir Eugénie sur son cadre, devant lui.

Arrivée devant chez elle, Eugénie lui donne rendez-vous pour une autre fois.

Léonie prend vite conscience des langueurs de sa fille. Lorsque les sorties communes se multiplient, la question du mariage finit par être posée.

– 63 –

C'est ainsi que leur union est célébrée au milieu des années cinquante et que Mathilde, leur première-née, naît un an plus tard. Ce qui lui permet à présent de s'inspirer des événements passés pour romancer l'histoire familiale.

Notamment celle de Léonie, suffisamment rebelle pour rejeter son lieu de naissance, mais obligée de s'assagir une fois mariée pour sauvegarder les siens, en dépit des blessures infligées à la terre d'asile que son pays a toujours incarnée.

Léonie, sur le cliché ressorti d'une boîte pieusement conservée par Eugénie, et posé devant Mathilde, apparaît frêle et vulnérable. Elle semble chercher son visage dans la glace, prête à engager une conversation. Un échange muet que Mathilde décide d'interrompre, pour ne pas sombrer comme cela s'était produit pour sa propre mère, dans la nostalgie.

Une nostalgie à répétition qui conduira Eugénie, des années plus tard, à être rongée par la maladie de l'oubli.

Car Mathilde vient d'apercevoir une autre photo : celle du pavillon d'enfance d'Eugénie, qu'elle-même a connu, et qu'elle chérit, encore maintenant, dans son cœur. Elle se sent du reste incapable de repasser devant l'endroit où l'accueillaient ses grands-parents.

Elle n'a jamais évoqué la guerre avec eux. Ce n'est que maintenant qu'elle s'interroge sur leurs tâches respectives pendant le conflit, leur comportement quotidien. Surtout celui de son grand-père.

Pour beaucoup, les « flics » de l'époque n'étaient que des « collabos ». Mathilde veut croire que Julien a fait de la résistance interne. Il ne peut pas s'être conduit comme son collègue Michaud ! Ou bien s'est-il donné le beau rôle pour sauver sa peau ? Évitant ainsi de rendre des comptes devant les comités d'épuration ? Elle aurait honte de lui. Ce qui est impossible.

Il n'est plus là pour répondre de ses actes. Et je ne peux pas l'imaginer autrement que doux et aimant, tel que je l'ai connu.

Alors il est sans doute plus simple pour Mathilde de s'abstenir de se torturer le cerveau. Elle enfouit les quelques doutes qui pourraient subsister, et préfère repenser à la demeure de ses aïeux.

D'autres locataires les ont remplacés. Viendrait-elle à passer devant leur maison, elle se dirait :

— Ils vont apparaître à la fenêtre ou sur le seuil ! Je suis convaincue qu'ils vont être là pour me faire signe d'entrer !

Sa gorge se noue rien qu'à cette idée.

Tous ces accueils pleins de tendresse, ces baisers à profusion, ces jeux partagés plus tard avec sa fratrie, ce sentiment de sécurité inébranlable… Mathilde se souvient avoir raccompagné son grand-père, déjà quelque peu souffrant, jusqu'à son garage situé au bout de la rue. Elle n'avait pas souhaité, sur l'instant, s'y rendre. Il faisait chaud, elle ne voulait pas abandonner le livre qu'elle était en train de lire. Mais elle s'était dit qu'elle pourrait lui servir de tuteur sur le trajet du retour. Ce qu'elle avait fait. Elle avait senti toute son affection à la façon dont il s'était accroché à son bras, tout en martelant le sol de sa démarche lourde.

Elle donnerait beaucoup pour pouvoir de nouveau remonter la rue en sa compagnie.

Elle revoit les troènes qui longeaient le muret grillagé du devant, le portillon qu'elle aimait pousser pour se retrouver sur une allée de gravillons concassés blancs, sur lesquels, lui avait-on dit, elle avait appris à faire ses premiers pas, une main autour d'un frêle tronc d'arbre. Son père lui avait tendu un bol. Elle avait voulu le saisir et avait lâché le tronc pour s'accrocher au bol. Elle s'était élancée en se cramponnant au récipient tout en croyant tenir l'arbre, sans doute convaincue qu'il la protégerait d'une chute éventuelle.

Ainsi s'était-elle envolée vers ce qui allait devenir, avec le temps, une accumulation de souvenirs.

L'allée cimentée, qui menait derrière au milieu des graviers, tournait à angle droit comme celui de la maison. On découvrait là un premier jardin de taille modeste, dont le parterre central était bordé de ce qu'Eugénie pensait être des petites tuiles arrondies rouges. Puis on accédait à l'arrière de la demeure. L'espace herbeux y était plus grand, avec quelques arbres fruitiers, dont un cerisier. Il y avait, à droite, une porte en bois foncé qui permettait d'entrer dans une pièce qui servait de buanderie.

C'était l'endroit favori de Léonie : elle venait y laver son linge dans un large bac cimenté gris pourvu de deux compartiments. Elle y entreposait ses brosses à poils durs, ses gros savons de Marseille. Il y fleurait bon une odeur permanente de lessive. Petite, Eugénie y avait parfois pris une douche.

Juste en face, un carré de pelouse entretenu avec soin par Julien. Une herbe dans laquelle elle avait si souvent étalé sa dînette et sa poupée !

Lorsqu'on se trouvait sur le trottoir, face à la maison, l'entrée était située tout de suite à main gauche, en face des arbustes. On accédait à l'intérieur de la demeure après avoir gravi cinq marches. Les chambres étaient à l'étage.

Petite fille, Mathilde était autorisée à pénétrer dans celle de ses grands-parents, et pouvait ainsi sortir de l'armoire tous les chapeaux portés jadis, et se contempler dans le miroir de la coiffeuse des années trente. Elle pouvait aussi se glisser dans une penderie où l'odeur de naphtaline imprégnait les vêtements suspendus, et feuilleter les anciens magazines rangés dessous, entourés d'une grosse ficelle.

La cave totalement cimentée, avec son escalier abrupt, donnait l'impression de recéler bien des secrets. Son grand-père y descendait souvent chercher les boissons. Et à gauche de la porte de la cave, une petite pièce dans laquelle l'armoire à biscuits l'attendait. Ce n'était sans doute qu'un modeste placard, mais, à ses yeux d'enfant, cela ne pouvait être qu'une armoire. Les portes coulissantes faisaient découvrir des friandises que la gourmande qu'elle était avait hâte de déguster.

L'endroit privilégié de Mathilde était l'escalier en bois verni ciré qui menait aux chambres. Elle s'asseyait sur les premières marches pour y lire ses livres favoris, notamment les aventures de *Martine*. Et cette odeur caractéristique de la demeure, qu'elle cherche à retrouver dans toutes celles où elle se rend, les émissions du gros poste de radio qui diffusait *Ça va bouillir*, ou *Signé Furax*... Les bruits, les odeurs, les couleurs... Tout est rassemblé dans sa tête. Il y avait aussi...

Non ! Il faut s'arrêter. Elle sait que l'évocation de ces souvenirs heureux va engendrer de la tristesse. Ils l'étreignent parfois si fort qu'elle a du mal à retenir ses pleurs.

Il vaut mieux remettre les photos dans leur boîte. Y laisser le passé, que ni rien ni personne ne pourra modifier, ni faire revivre !

Fuir la nostalgie dont l'emprise est telle qu'elle finit par vous engloutir, et vous éloigne inexorablement des êtres chers qui restent ancrés dans le présent et ses événements à venir.

Mathilde possède sa propre terre : celle de son enfance.

Nul envahisseur, contre lequel il faudrait se battre pour la conserver, ne viendra un jour la souiller. De même qu'elle ne sera jamais tentée de s'en séparer.

Elle a la chance de pouvoir provoquer son apparition. Elle s'immerge dans cette lointaine contrée, y séjourne quelque temps, tout en ayant à chaque fois la possibilité de s'en extraire pour reprendre place auprès des siens et partager leur quotidien.

Ce qu'elle s'apprête à faire.

Elle abaisse lentement le couvercle de sa boîte à musique imaginaire.

Quelques notes sont encore audibles avant sa fermeture définitive.

Épilogue

Léonie est obligée de mettre un terme à son récit, elle a de la visite. À grand regret. Elle apprécie sa confidente pour sa capacité d'écoute et sa discrétion. Jamais elle ne l'interrompt ni n'éprouve le besoin de parler d'elle-même.

— Tiens ! La femme de ménage est de retour. Ça n'est pourtant pas son jour ! Vous m'excuserez ! Mais je dois lui donner quelques consignes. Elle me déplace parfois des objets auxquels je tiens. Vous savez ce que c'est ! Il faut sans cesse être derrière !

— Tout va bien, maman ? lui demande Eugénie, redescendue à son appartement, puis revenue chargée d'une ancienne berthe à lait dans laquelle elle verse un peu du potage qu'elle prépare quotidiennement pour sa mère.

Léonie ne comprend toujours pas pourquoi la femme de service s'obstine à la considérer comme sa mère ! D'autant plus qu'elle n'a jamais eu d'enfants ! *Je préfère ne pas répondre. Il va falloir encore faire la conversation, et elle n'a souvent pas grand-chose d'intéressant à me raconter.*

Elle décide de s'asseoir pour regarder des photos retrouvées au fond d'une boîte. Sur la première, il y a un homme qu'elle trouve plutôt séduisant, en uniforme d'apparat. La femme de ménage veut absolument que ce soit son mari, commissaire de police. Mais Léonie sait pertinemment qu'elle n'a jamais été mariée ! Elle vivait à la campagne, elle était amoureuse d'un jeune paysan. Mais ça ne s'est jamais fait, car il y a eu la guerre de 14. Elle s'en souvient bien, elle a failli mourir de la grippe espagnole ! Et là ? Qu'est-ce que c'est encore ? Une photo en noir et blanc montre une douzaine d'hommes, dont dix sont debout, et deux ont un genou posé au sol. Trois d'entre eux sont assis sur un camion. Ils sont armés de grenades à manche, revolvers, mitraillettes.

L'un de ceux qui se tiennent avec le genou droit au sol en possède une.

— C'est papa, maman ! Ton mari, Julien ! La photo a été prise en août 1944, le jour de la libération de la ville. Ce sont tous des policiers !

Léonie aperçoit bien la grosse pancarte posée devant le groupe, entre les deux hommes armés, genou à terre. On peut y lire : RF Police, FFI.

Mais non ! Ça ne lui rappelle rien.

Eugénie a mis la télévision. *Matin Bonheur* est au programme de la journée. Un homme apparaît, et la musique lance les premières notes d'une chanson qui capte l'attention de Léonie. Elle délaisse ses photos et tend l'oreille. Oui ! Elle connaît cet air de tango ! Elle se remémore soudain les paroles. Elle reste muette un long moment, puis reprend la mélodie, d'une voix tremblante, tandis qu'Eugénie s'affaire autour d'elle tout en dissimulant son émotion. Elle sent les larmes perler. Elle les essuie rapidement, avant de relever son visage, pour contempler celui de sa mère, illuminé par son souvenir.

« Baisse un peu l'abat-jour.
Laisse-moi te bercer.
Chéri, le temps qui court
Sera vite passé,
Car je resterai là
À te parler d'amour tout bas, tout bas,
Jusqu'au lever du jour.
Baisse un peu l'abat-jour. »[37]

[37] Élyane Cellis, 1945.

Personnages principaux

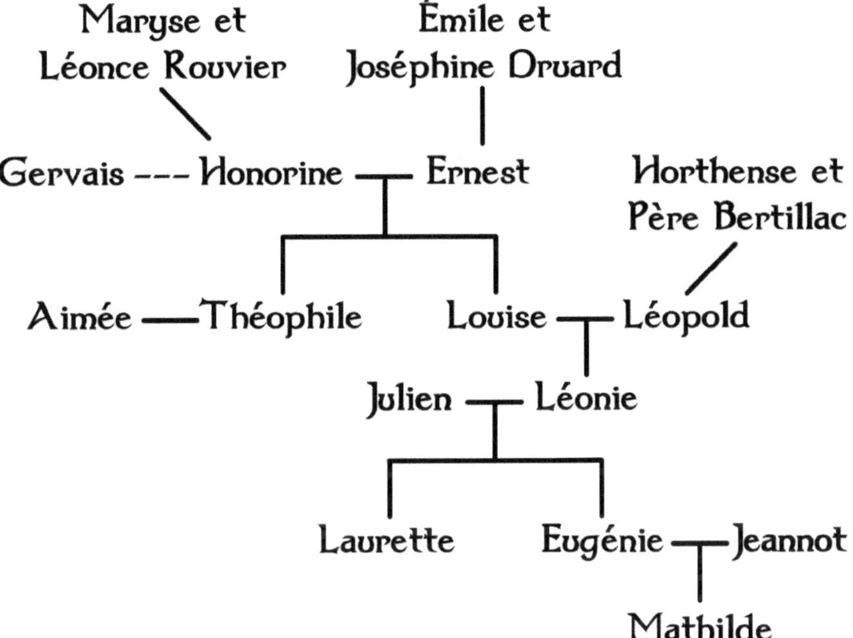

Remerciements

Je tiens à remercier tout particulièrement mon père, âgé de 93 ans, pour les longues conversations échangées au sujet de son adolescence pendant la Seconde Guerre mondiale. Sa très grande mémoire m'a permis de me plonger dans le quotidien de ces années sombres.

Remerciements également à Jean-Pierre Guéno pour ses ouvrages *Paroles de l'ombre* (1 et 2), dont la mise en images a été réalisée par Jérôme Pecnard (Éditions Les arènes). Ils m'ont été d'une aide précieuse.

Il y a aussi les bandes dessinées de Michel Tardi, *Stalag IIB*, que j'ai eu grand plaisir à lire lors de la préparation de mon travail.

Je remercie tous ceux et celles qui, grâce à leurs documents mis en ligne, m'ont apporté de multiples renseignements et témoignages supplémentaires sur la période de la Seconde Guerre mondiale.

J'ai également des remerciements à adresser à ceux qui ont accepté de lire et relire mon manuscrit avant sa version finale. En particulier mon mari, d'une patience inébranlable.

À propos de l'auteur

Catherine Messy poursuit son cheminement dans le domaine de la peinture et de la sculpture, couplé dorénavant à celui de l'écriture.

Après *Bucoliques*, *Transfiguration*, *Évocations* et *Métissage*, ses quatre recueils de poèmes illustrés, et *Un autre ami*, son premier roman, elle publie *Terres pouilleuses* et *Terres belliqueuses*, deux nouvelles fictions, cette fois inspirées par l'histoire de sa propre famille.

Retrouvez ses créations artistiques sur le site Acrylique et Vieux Pastels (www.vieuxpastels.fr) et suivez son actualité sur sa page Facebook (www.facebook.com/cathem01).

Du même auteur

Bucoliques (recueil de poèmes illustrés – 2014)
Transfiguration (recueil de poèmes illustrés – 2015)
Évocations (recueil de poèmes illustrés – 2017)
Un autre ami (roman – 2018)
Terres pouilleuses (roman – 2020)

Éditions
HJ

www.ingramcontent.com/pod-product-compliance
Lightning Source LLC
LaVergne TN
LVHW050009170826
845677LV00023B/3007
* 9 7 8 2 3 7 0 1 1 6 8 3 3 *